しらふで生きる

大酒飲みの決断

町田 康

幻冬舎文庫

しらふで生きる

大酒飲みの決断

目次

酒こそ、人生の楽しみ、か？

古代の豪族、大伴旅人は酒飲みで、酒を讃むる歌十三首、というのを拵えた。どんな内容の歌かというと、結論が出ないことを考えるくらいなら、酒飲んだ方がましだっつの、とか、小頭がよくて自分を勝ち組って信じて酒も飲まないような奴ってよく見ると猿に似てるよね、とか、生まれ変わったら酒樽になりたい、といった内容の歌で、生きていくにあたってもっとも重要なのは酒を飲むことであって、それ以外のことはたいした問題ではないし、もっと言うと、どうでもいい問題である、と言い切っている。

と言うと、そんな馬鹿なことはない。人生には酒よりも大事なものがあるはずだ。と思う人は多く、かくいう自分も確かに酒は天の美禄ではあるが、それはあくまでも余禄であって、仕事、家族、将来の夢や希望、といったものは酒なんかよりももっと重要なはず、と、とりあえずビール、的にとりあえず思う。

しかし改めて考えてみると本当にそうだろうか、と思う。夏の宵。やっと吹いてきた涼しい風を心地よく感じながら冷やした焼酎を飲む。或いは、寒い冬。江戸火鉢に小鍋をかけて湯豆腐かなにかを拵えて錫の銚釐で燗をつけた奴を背を丸めて飲む。或いは花に目を奪われ、虫の音に耳を傾けつつ一口、口に含んだ瞬間、確かに、「ああ、俺はこのために今日一日を頑張った」と思うし、「これがあるから明日も頑張れる」と思う。

そして酔ってくるにつれて陶然とした気分になってくる。世の中の軛のようなものが知らぬうちに外れ、自由な気持ちになってくる。心の重しになっていた様々のこと、思うように捗らない仕事のこと、なにかとプレッシャーをかけてくる近所のおばはんのこと、なぜか敵愾心を燃やして策略をめぐらす同僚のこと、予期せぬ出費が重なって今月末には残高不足で引き落とし不能になるであろう銀行口座のこと。などを忘れ、純粋な楽しみ、純粋な快感に脳髄が痺れる。なにもかもがどうでもよくなる。どうとでもなれ、と思う。

鳴らない音楽が心に沁み、踊りたくなってくる。蹴飛ばしたくなってくる。抱きつきたくなってくる。そして実際に踊る。蹴飛ばす。そしてその間も、いまのこの、楽しい感じ、が途切れてしまわないように、或いは、もっと楽しくなるように酒を飲み続ける。

という具合に、改めて考えてみればそれこそが人生の唯一の楽しみであり、喜びであるかも知れない、と思い、かつまたそれは、セレブリティーという言葉から聯想されるようなこの世の物質的享楽なぞよりも遥かに優れ、遥かに気のきいた人生の楽しみ方ではないのか、と思うのである。

と言うと、「それってさあ、酒を飲むくらいしか楽しみのない人生の敗残者の負け惜しみじゃないの」と口を曲げて言う人が天現寺、或いは三宿あたりにいるかもしれない。しかし私は断言する。それは間違いである、と。

しかもそれには明確な証拠がある。なにかというと、いま言った大伴旅人である。大伴旅人は古代の豪族であり大和朝廷では地位の高い政治家であった。つまり、その天現寺の人が言うような負け犬、敗残者ではなかったということだ。その大伴旅人が、酒を讃むる歌十三首を作っているのだから、酒というものは言われるような人生の落伍者・敗残者の玩弄物ではない。

と言うと、しかし今度は神保町とかから人が来て、「いやさ、君は無学無残なパンク上がりだから知らんだろうが、大伴旅人は政治的に敗北して、九州の博多らへんに飛ばされて、そこでやけくそになって酒を飲んで作ったのが、酒を讃むる歌十三首で、つまり負け犬が拵えた歌、ってことなんだわ。これくらいのことは覚えておいた方がいいよ」とご親切に教えてくださって、いっやー、世の中というのは捨てたものではないなあ。言霊の幸う瑞穂の国では人情というものは、なにがあっても廃らないのだなあ、と心の底からありがたく忝く、涙とかもむっさ零れるが、申し訳ない、実は俺だってそれくらいのことは知っている。

知ったうえで大伴旅人は敗残者ではないと言っているのである。なぜかというと、神保町から来た人が大伴旅人を敗残者としたいあまり、知っているくせにわざと言わないでいる事実を私は知っているからで、その事実がなにかというと、そうやって大酒を飲んで、生まれ変わったら酒樽になりたい、とか言っていた大伴旅人がその後、中央に戻って大納言という高い役職に就いているという事実である。

つまり何年かの地方勤務の後、栄転したということで、普通に考えれば、これはスイス大使とかインドネシア大使とかを何年か務めた後、中央に戻って事務次官になったと解釈すべきで、つまり大伴旅人は敗残していないのである。というか古代において大納言というのは事務次官どころの騒ぎではなくいまでいう内閣総理大臣にも匹敵する役職で、ムチャクチャに出世したと言っても言い過ぎではない。

つまりなにが言いたいかというと、大伴旅人は大酒飲みではあったが途轍もない出世をした。このことからも知れるように、飲酒は惨めな敗残者にとっての唯一の楽しみではなく、典雅な和歌の世界にも通じる、文化的芸術的要素すら帯びた人間の行為であり、これを嗜まぬ人ははっきり言って猿であり、そういう人こそ逆に、猿回し観賞くらいしか楽しみのない文化度・開明度の低い気の毒な人である、ということを言いたいのである。

なので言ったのであるが、まあそういう訳で私は二十歳のとき、酒を讃むる歌十三首を読んで以来、大伴旅人だけを信じ、大伴旅人の言うとおりに生きてきた。

だからといって大納言になった訳ではない。というか、少納言にすらならなかった。ではなにになったか、というと大酒飲みになった。どれくらい大酒飲みになったかというと、そうさなあ、日本酒で言えば一升を飲んで、ドカベンの物真似をしたり、ギターを爪弾きつつ、「港町ブルース」をエスペラント語で歌う、くらいな酒飲みにはなった。

そんなだから、私が酒飲みということは世の中にも知れ渡り、よく知らない人からも、「たいそう召し上がるそうですなあ」と言われた。名うての酒飲み、ということになったのである。

さあそうなれば天下御免という訳ではないが、少々、酔っ払っていても、「ああ、あの人は酒飲みだから」ということで、風景として受け入れられるようになった。

それをよいことに飲みに飲んで、差されれば必ず受け、差されなくても手酌で飲んで斗酒をなお辞さない生活を三十年間にわたって続けた。

もちろんそれによってヘマをやらかすこともあった。師匠に当たる人に議論を吹きかけ破門にされたこともあった。友人と些細なことから口論となり長年の友情に終止符が打たれたこともあった。ご婦人に戯れかかり袋叩きにあったこともあるし、寿司屋で泥酔の挙げ句、「おまえの握り方はなんだ。私を誰だと思ってるんだ。私は本場パリの日本料理店でみっちり三日間修業をした人間だ。どけっ。手本を見せてやる」と言ってカウンターを乗り越えてなかに入り寿司を握ったことさえある。

まったくもって命がいくつあっても足りないようなことばかりしてきた訳で、こうして改めて書きだしてみると背筋が寒くなる。

また、いずれも酔余のことなので、醒めた後、記憶を辿って青ざめるのが常であったが、けれどもその都度、大伴旅人に思いを馳せて乗り切り、どうしても反省しそうになったときは、酒を讃むる歌十三首を念仏のように唱えて乗り切ってきた。

ただし昼から飲むことはしなかった。なぜかというと、昼酒もよいが、それをすると中毒患者になる可能性がないとは言えないと考えたからである。

また仕事を終えないうちは飲まない、という原則も設けた。なぜなら、大伴旅人だって大宰帥や大納言という職務を全うしたからこそ思うさま酒を飲めたわけで、要するに酒は只ではなく、それを買うためのカネを稼がなければならないからである。

というのはしかし酒徒でない普通の人にとっては顚倒した理論であろう。なぜなら人は酒のためだけに働くのではないからである。

ところが大伴旅人理論をきわめるとそうなる。すなわち、人生の目標、目的は酒を飲むことであり、すべては酒のために存在する。なにもかもが酒を中心として回転するようになるのである。

まあ、それはそうとしてとにかく、昼間は飲まない、そして、仕事が終わるまでは飲まないという方針を打ち立てた私は、仕事はなるべく午前中に済ませる。午後四時以降は仕事をしない。などの運用上の工夫をしながら三十年間、一日も休まず酒を飲み続け、生きていればいろんなことがあるが自分の人生に概ね、満足し、このまま飲み続けて、まあ、あと二十年くらいしたら死ぬのだろう、と漠然と思っていた。ところが。

ある日、大変化が起きた。

酒やめますか？　人間やめますか？

その大変化とはなにか。さっそく申し上げよう。どういうことかというと、ある日、具体的に申せば平成二十七年の十二月末、私は長い年月、これを愛し、飲み続けた酒をよそう、飲むのをやめようと思ってしまったのである。

その突飛な考えが頭に浮かんだ瞬間、私は私の理性を疑った。私は自分で自分に言った。

「おまえ、自分がなにを言っているのかわかっているのか」と。

それほどに馬鹿げた考えであるように私には思えた。いい加減にしてほしい、とまで思った。私は、酒をよそう、などという愚劣なことを考えた自分が腹立たしくてならなかった。

そもそもがあれほど信じていた大伴旅人の教えをおまえは忘れたのか、と言いたかった。

昔、「覚醒剤やめますか、人間やめますか」という標語が巷間に流布されたことがあった。これによって多くの人が覚醒剤の有害性を直感的に理解した。にもかかわらず、人間をやめる人がいまも一定数いるのはなぜか。それは人間をやっていてもあまりおもしろくないからで、ときには猿や鳥になった方がおもしろいのではないか、草とかになった方が苦しみが少ないのではないか、と思う時間が人生にあるからだ。

そのことを大伴旅人は既に説明している。大伴旅人の議論はきわめて明快だ。

「酒やめますか。人間やめますか」

「さあせん、人間やめます。ソッコー、やめます」

酒壺に成りてしかも。蟲にも鳥にも吾はなりなむ。というのはそういうことだ。その大伴の思想を誰よりも深く理解し、また実践してきたおまえがなにをバカなことを言っているのだ。しっかりせんかいっ。

と、私は私の考えを叱咤した。そこまで叱咤されたのだから普通だったら、やめるなんてバカなことはやめ、旧(もと)の通り、楽しく酒に酔い、酔ひ泣き、をする日々を続けるはずだ。ところが、私の考えときたらいったいなにを考えているのだろうか、いやあー、とか言って言を左右にして、やめるのをやめる、と明言しない。

そこで考えの胸倉を摑み、ガンガン揺すぶり、「酒をやめるのをやめると言え、言え言え言え」と言いながら渋谷駅西口の歩道橋の上に引きずっていき、仰向けの状態で、手すりに乗せ、言わなかったら落とすぞ、と脅したのだけども、まるで死魚のような目をして、半笑いで、「いやー、やっぱりやめますよ」と言う。

そのいい加減で無気力な態度、自分の意見をはっきり言わないで誤魔化そうとする態度が許せなくなった私は、

「そんなに死にてぇんだったら殺してやんよ」

そう言って私の考えを突き落とした。私の考えは玉川通りに落下していって、その後、どうなったかはわからない。

しかし突き落として後、大変なことをしてしまったことに気がついた。なぜというに、もし彼奴、すなわち私の考えを生かしておいたなら、その意見をじっくりと聴取、特に、なぜ酒をやめようと思うにいたったかなど聴いて、翻意させることもできたのだが、死んでしまったいまはそれもできず、死人に口なし、酒をやめようと思ったその理由は謎のまま残り、また、これを翻意させることもできない。

ただ酒をやめようと思った、というもはや変えることのできない思いだけが残るのである。残された私にできることは。そう、ただただ、なぜ私の考えが酒をやめようと考えたかを考えることだけである。

というのはでも単なる推論ではないだろう。なぜなら私の考えは玉川通りで多分、轢死体となったが、いま考えているこの考えもまた、意見や立場は異なるとはいえ、私の考えであるには違いないからで、そこにはなんらかの連続性が見出せるに違いない。

とはいえさっぱりわからないことには違いない。そこで私は考えだけではなく実際に酒をやめてみることにした。と言うと違うか、私は実際に酒をやめてしまった、と言った方が正確なのかもしれない。私は亡霊のような私の考えによって本当に酒をやめてしまったのだ。

おそろしいことだ。死んだ自分の考えによっていまの自分の行動が制約されている。その呪いから解き放たれるためには。そう。なぜ私は酒をやめようと思ったのか。というよりもいまとなっては、なぜ私は酒をやめたのか、いまもやめ続けているのか。についてはっきりさせない限りは一歩も前に進めないし、それを明らかにするのが、大伴に対しても死んだ私の考えに対してももっとも誠実な態度であるし、それがわかればまた酒が飲めるようになるかも知れない。或いは、それがわからない限り私は酒を二度と飲むことができず、再び酒を飲むためにはそれを明らかにしなければならない。

さてそこで改めて問う。なぜ私は酒をやめようと思ったのだろうか。以下、その理由を探っていく。

もっともわかりやすく、誰もが先ず思いつき、そして納得のいく考え・理由は、医師にとめられた、謂うところのドクターストップ、ってやつだろう。

つまり、検査をしたところ、積年の大酒に内臓、ことに肝臓が傷み始め、これ以上飲酒を続けると遠からず死ぬということが数値に明らか、なので向後、酒を飲むことはまかりならぬ、と医師に告げられた、ということであるが、果たして私にそういう事実があっただろうか、というとこれはなかった。

と言うと、「えええええええ？　あれだけ酒を飲みながら数値に異常がない？　すっげぇ、肝臓、すっげぇっ。今度、肝臓さんにサインしてもらっていいですか」と讃仰する人もでてくるだろう、しかーし。

それは勘違いというもので、というのは私はそうした検査、健康診断の類を一切、受けておらなかったからである。なぜ受けなかったのか。そりゃあ、言うにゃ及ぶ、なぜというに、私が健康診断を受けなかったのは、長年、大酒を飲み続けたせいか、なんとなく全身に倦怠感があって、ときに背中のあたりに痛みも感じ、仮に検査を受けたとしたら、ほぼ確実に数値は悪いだろうし、このままいったら死ぬな、という自覚があり、そうなったら酒が飲めなくなり、そんな恐ろしいことになるのは死ぬほど嫌だったので、構えて検査を受けないでいたのである。

医者というものは因果なもので検査結果を見なければなにひとつ明言することができない。その検査を受けていないのだから、医師にとめられる訳がない。一点の曇りもない明快な話である。

というのはそれでよいとして、しかし、ではなぜ酒をやめたのか、という疑問はなおも残る。

そこで次に考えられるのは、いま言った健康上の問題である。確かに医師には宣告されなかったが、私にはいまも言ったとおり自覚症状があった。ネット上で得た知識、テレビ番組でタレントが言っていたこと、近所のおばはんとの立ち話から得た情報によると、肝臓は、「沈黙の臓器」と言われているらしい。

どういうことかというと、肝臓はそこいらの胃や腸と違って泣き言を言わず、黙って仕事をする。不言実行、まるで東郷平八郎元帥のような臓器なのである。だから。

胃やなんかだと、ちょっと暴飲暴食をしただけで、「もう、だめですー」「限界ですう」「ブラック企業だ」などと文句、泣き言を言ってくる。ところが、肝臓はそんなことはない、二十四時間、休みなしに働かせて文句ひとつ言わず、黙って働き続ける。ところがそれをよいことに、さらに働かせ続けるとある日、突然、なんの前触れもなくばったり倒れ、慌てて駆け寄り抱き起こすと既に事切れているのである。

或いは、いま従業員のイメージで語ったが、別の、例えば上司のイメージで言うと、仕事がうざくてかったるいので、テキトーに流していい加減な仕事をしていたところ、胃という上司は、「そんなことではダメだ」とか「俺らの若い頃は」とか言ってネチネチ嫌味を言ったり、ダメ出しをしたりしてくる。ところが肝臓という上司はなにも言わない。なにも言わず黙って微笑んでいる。なのでテキトーかましていると、五年くらい経ったある日、突如としてブチ切れ、「おまえ、俺をなめてんのか？　首だ」と言って首を宣告してくる。

さあ、どっちの上司が嫌かというとどちらも嫌だが、どちらかと言えばときどき警告を発してくれた方がよい。

というのはまあよいとして、とにかくさほどに我慢強い肝臓が、「ちょっと無理かも」と言っているのだから普通だったら酒をやめるはずであるが、果たして私はどうしたのだろうか。それが理由で酒をやめたのだろうか。

いずれ死ぬのに、節制など卑怯ではないか

と言うて、これも違うように思う。なぜなら、そう思う度に私は大伴の、

生者遂にも死ぬるものにあれば今世なる間は樂しくをあらな
(どっちみちいつか死ぬんだから今が楽しけりゃそれでいいじゃん　町田訳)

という歌を思い出して乗り切ってきたからである。酒毒によって全身がだるく、また背中に痛みなどあり、或いは微熱がうち続き、このまま飲み続けたら死ぬ。今晩くらいは酒をよそう、と思ってしまったとき、
「じゃあ、今晩飲まなければ死なないというのか。そんなことはない。人間はいずれ死ぬ。それを直視しないで、一晩、酒を抜く、なんていう小細工で誤魔化すのは人として許せない、卑怯な態度だ。私はそんな卑怯な態度はとらない。正々堂々、酒を飲む。楽しく飲む。楽し

く飲んで楽しく死ぬ。それが真の大納言というものだ。節制などというのはそこらの愚かな中納言のすることだ。そんな奴は海老食って死ね」

など考え飲み続けてきたのだ。ということはつまり私は筋金の入った大伴主義者ということ。だからいまさら、事故で死んだ考えが、「いやー、酒は飲みすぎると身体に悪いからね。やめた方がいいよ」などいったところでビクともするものではない。

誰がやめるか、アホ。亜北。北アジア。そんなものねぇんだよ。と、酒飲みらしい連続しない思考で考えただろう、というか実際にそう考えてきた。だから健康上の理由で酒をやめようと考えた、ということはない。

ではなにが考えられるのか。健康上の理由ではないとすれば、次に考えられるのは、心境の変化、というやつである。

人間の心境というのはときどき変わることがあると聞く。磯釣りに凝った人があって、道具やなんかも相当のものを揃え、休みの日には必ずといってよいほど、早朝から磯釣りに出掛けていた人が福引きで当たったチベット旅行に行き、お寺に参って帰ってきてからはふっつりと磯釣りに行かなくなり、道具も人にあげてしまった、なんてことがあるのである。

或いは。ある少女があるロックバンドに熱を上げ、近隣は言うに及ばず遠方で行われる公演でさえ泊まりがけで出掛けて行き、贈り物を贈ったり手紙を書いたり、そのロックバンドなしでは夜も明けぬという熱の入り方だったのが、ある日、文楽の素晴らしさに開眼し、それ以降は寝ても覚めても文楽文楽文楽、文楽一本槍となって、以前、あれほど熱を上げていたロックバンドについてはその名前すら忘れてしまった、なんてことも人の心には起きる。

そうしたこと、すなわち心境の変化というやつが私の心にも起こったのではないだろうか。しかしだとすれば、その磯釣りのおっさんにおける「チベットの寺」、ロック少女における「文楽」のごときものが私にもあるはずでそれはなになのか、ということを考えてみる必要がある。というか、その前にそうしたものに私は出会ったのか、ということを考えなければならない。私はそうしたものに出会ったのだろうか。

胸に手を当てて考えてみた。なにも思い浮かばなかった。私はチベットにも行かないし、チベットどころか日本のお寺にすら行っていない。また、文楽も観に行っていないというか、池袋演芸場にすら行っていない。

そんな訳やないのだがな、と思い、こんだ、股間に手を当てて考えてみたが、やはり思い当たる節がないし、股間のものも特に反応を示さない。

勿論、それは寺と文楽でなくともよく、酒を忘れるくらい素晴らしいものならなんでもよい訳で、例えば覚醒剤に耽溺したとかソープランドに通いつめたとか、そんなことでも構わないのだが、残念なことにそうしたことがまったくない。というか、そうしたものをすべて排し、酒を最上位の快楽と位置づけて生きてきたのだから、今更、その程度のことで価値観が揺らぐことは、断言するが、ない。

　ということはどういうことか。なぜ文楽も寺も無しに酒を廃(よ)したのか。と考えて次に考えられるのは、そういうプラスの方向、というのは自分にとってよりよいものが見つかったので、酒はもう要らなくなった、という方向での心境の変化ではなく、事態が悪化したために起きた心境の変化、マイナスの心境の変化、が起きたのではないか、つまり、自暴自棄、やけくそ、のような精神状態に陥って酒をやめたのではないか、ということである。

　しかし、これはちょっと難しいのではないか、と思われる。

　というのは人間というものは、自暴自棄に陥ったらむしろ酒を飲むからで、リストラ対象になった、女に逃げられた、なんて場合、やけ酒、と称して大酒を食らう。失職や離婚をきっかけに酒精中毒になる方が多いのはこのためである。

　なので、「愛した女が男を作って逃げた。もうこうなったら自棄だ。酒をやめてやる」とはならない。やけ酒、というのはあっても、やけ禁酒、というのはないのである。

　同様に、「くそう、もうこうなったら自棄だ。ジムに通って身体を鍛えてやる」とか、「もうこうなったら自棄だ。エステに行って癒やされてやる」といった風にもならない。

　なんとなれば自棄になった人間は自分に愛想を尽かし、精神的に滅んだ自分を肉体的にも滅ぼしてしまいたい、自分を壊したいと願うからで、それがすなわち自暴自棄というやつである。

もし仮に、人生を悲観して酒をやめ、ジムに通い、アロマテラピーなども実践、サーフィンをしたり、ホームパーティーを開いて男の食彩、女の白菜、ゲストに自慢の料理を振る舞う、なんて人がいたとしたらその人はかなりのお茶人だし、真に絶望した人はお茶人にはならずなれず（詩人にも俳人にも）、ただ廃人への道を突き進むはずである。

つまり、そうしたネガティヴな心境の変化によって酒をやめることもまたない、ということになる。

となるとどうすればよいのだろうか。健康上の理由でもなく、心境の変化、価値観の変化でもない。となると考えられるのはただひとつ、そう、そうした身体や感情の問題ではなく、思想上の問題、純理論としての大伴主義が私のなかで揺らいだ。或いは、そんな甘いものではなく、あまりにも過激な、肝臓が滅んでも酒さえ飲めればそれでよい、という大伴の酒至上主義に疲れ果てて、ついに転向したということである。

ルルル。そんなことがあるのだろうか。

まあ、そういうことはなくはないだろう。深い信仰を抱いていた神父が拷問に耐えきれず転び伴天連（バテレン）となって自らが教え導いた者たちにいみじき弾圧を加えた、という話を聞いたことがあるし、進め一億火の玉だ、撃ちてし止まむ、と唱えていた人が急に一億総懺悔と言い始めたと書いてあるのを読んだこともある。或いは戦前の主義者にも弾圧によって転向する人は多かったらしく、そうしたことが主題として名作文学も書かれた。

なんでそんなことになるかというと、たいした信念もなく、テキトーにその思想を奉じている場合はその信奉自体がグニャグニャで、少しの力でグニャッと曲がるが、ある種の免震構造というか、或いは柔構造というのか、曲がるけどもポキッと折れてしまうということはない。けれどもその思想を強く信じ、強く奉じている場合、信奉自体が太く固く、かなりの力がかかっても曲がらないし折れないのだけれども、一定以上の力がかかると耐えきれなくなって真ん中からポキッと折れてしまう。それを防止するためには少しばかり曲がればよいのだが、なまじ信念があるものだから、どうしても曲がることができず、歯を食いしばって苦しみ抜いた挙げ句、折れてしまうのである。

さあ果たして私は転向したのだろうか。

というと、別にしていない、と言うより他ない。というのはだってそうだろう、私の大伴主義を政府が弾圧した、秘密警察に常時、監視されているといった事実はなく、ましてや、戦争というか、その思想を巡って論争とか言い合いとかをして完膚なきまでに叩きのめされた、ということもない。なぜそうなるかというと、私は世間から相手にされず、なにを言ってもやっても誰にも気がついて貰えないからで、まあ、そのお蔭で私は思想を保ちながら楽しくお酒を飲むことができた訳で、つまり苦しい転向など、するはずがないのである。

ということはどういうことか。なぜ私が酒をやめたのか、という理由がいまだにはっきりしない、ということで、これは由々しき問題である。なぜかと言うと前にも言ったようにそこが明らかにならない限り、二度と再び、酒を飲むことができないからである。

今も続く正気と狂気のせめぎあい

自分が酒をやめた理由をずっと考えている。しかし判然としない。理由は申し上げたように考えが死んでしまったからだが、ここでふと思うのは、考えが死ぬ、なんてことがあり得るだろうかということで、考えが死んだらなにも考えられないはずである。

けれども自分はいまも考えている。これはどういうことか。

あのとき私は自分の考えが車の通行量の多い玉川通りに墜落していくのを間違いなく目撃した。つまり自分のなかには最低でもふたつの考えがあり、ひとつは死んだがひとつは生き残っている。だからこうやって考えることができている。要するに自分の考えには予備があって、仮にひとつが使えなくなっても予備を使って動かすことができる。

そのことを人に、

「つまり予備バッテリーですよ。だって急に考えられなくなったら困るでしょ。だから僕は頭のなかにバッテリー、二個入れてんですよ。だからバッテリー上がりなんてこと絶対ないんです。バッテラうまいですよね。冬はなんといっても和食ですね。なんて急に言うのも二個あるからです。もう一個が勝手に喋っちゃう。そいでつい殺しちゃう。突き落としちゃう。邪魔だから」

などと快活に言ったら、言われた人はどう思うだろうか。勿論気が狂っていると思うだろう。私だって思う。しかし改めて考えるに、いまはそのように考えるのがもっとも合理的だと思われる。

つまり一昨年の十二月末、私は気が狂っていた。

気が狂っていたので、酒をやめる、などという正気の沙汰とは思えない判断をした。そしてそのとき、私の頭にはふたつの考えが併存していた（なぜなら気が狂っているので）。そのふたつの考えのうち、正気の方が狂った方を突き落とした。

しかし、ここで疑問が生じるのは、そうして狂った考えが死んだのだから正しい判断に基づいて酒をやめるのをやめればよかったのになぜそうしなかったのか、という疑問で、蓋しもっともな疑問である。

これに対しての取りあえずの答えは、いったん物事が動き出すと仮にそれが狂った判断だとしてもそれをとどめるのは容易ではないということである。豊臣秀吉が朝鮮出兵を言い出したとき徳川家康は思わず、「太閤殿下は気が狂われた」と呟き、多くの大名も、「そんなことは厭だ」と思ったがこれをとどめることはできなかった。最近の話では、どう計算しても敗けると思われた前の戦争ことに対米開戦も中途でこれをよして和平または降伏することができなかった。

同様に私の、酒をよす、という狂った判断も、いったんされた以上、これを直ちに覆すのは難しく、ましてや当事者、責任者不在のいま現在、その真意を問い糾すこともできない。

なので私としては、「なぜ酒をやめたのか」という問いに対して、取りあえずいまは、「気が狂っていたからだ」と答えて先に進むしかない。

ということで先に進むが、私はいまその問い、乃ち、「なぜ酒をやめたのか」という問いをもう一度、問い直したい。

というのは理屈っぽくなって申し訳ないが、私は本当に酒をやめたのだろうか、という問い直しである。

どういうことかというと、酒をやめた、というのは完全に酒をやめた状態を言う。これに対して、酒をやめようと思っている、という状態がある。そしてさらに酒をやめつつあるが完全にやめたとはいえない、という状態があるということで、もはや自分でもなにを言っているのかよくわからないので順番に整理すると、酒を飲んでいる↓酒をやめようと思う↓酒を飲むのをやめることを始める↓酒を完全にやめた状態、という順番を経て人間は酒をやめるのだと思うのだが、果たして自分はいまどの状態にいるのか。そしてまた、どうなったら完全に酒をやめた、と言えるのか、ということである。

という風に考えれば、私はまだ酒を完全にやめた、解脱して悟りを開いた、とは言えないように思う。なぜなら確かにいまこの瞬間、酒は飲んでいないけれども、この状態が永遠に続くという保証はないからである。ましてやそうして気が狂った状態でなされた判断であるなら、いずれふと我に返り、「酒を飲まないなんてアホーなことをなぜしていたのだろう。まったく理解できない。我ながら恐ろしいことだ」と考えてその場からコンビニに向かいウイスキーを買って店の前で立ち飲みしないという保証はどこにもない。

簡単に言えば禁煙のジョークで、禁煙ほどたやすいものはない。私はしょっちゅう禁煙している。というのがあるがあれと同じことで、一昨年の十二月に気が狂って酒をやめようと思い立ったその瞬間、酒をやめた状態になった。

そしてそれから約一年三か月間、一滴も酒を飲んでいない。これは酒をやめたと言えるのだろうか。このことを人に言うと大抵は、「よくやめられましたねぇ。意志が強いのですねぇ」と褒めてくださる。けれども私はちっともうれしくない。なぜなら私は言ったように理性の働きによって酒をやめたのでないからで、言われれば言われるほど、「おまえは○○

○だ」と言われているような気になる。
いやそんなことより、いまは狂気によってやめているが、いずれ正気に戻って本然の自分に立ち返れば従前通り飲み始めるに違いない。よって私は完全に酒をやめた状態にはいまだいたっておらず、たまたま酒をやめている状態、であるに過ぎない。

つまりたとえて言うなら、自ら悟りを開きたいと思って仏門に入り修行に励んでいるのではなく、一時の気の迷いで出家をして、そのまま一年くらい経ってしまった、という状態に近いだろう。そして、漬け物桶に塩ふれと母は産んだか、という、尾崎放哉の句を思い出す。そして、同じように私も言う。

酒をやめて真面目に生きろと母は産んだか、と。

と言って、そりゃあそうでしょう、という人に私の気持ちなんてわからない。死んでしまった自分の予備バッテリーにいまだに束縛され苦しい思いをしている人間の気持ちなんて。と自己憐憫的な気持ちについなって、そんな自分にぴったりくるような歌を西野カナあたりが歌っていてくれないだろうか、と思って検索したが歌ってくれていない。ならば。

やはり自分で自分の精神を考究していくより生きる術(すべ)がない。

って俺はなにを言っているのか。そう、私はいまだ酒を完全にやめた状態にはいたっていない、と言っているのだ。

しかし一年三か月間、酒を飲まないというのははっきり言って恐ろしいことで、これを人に言うと褒められるというのは右に言った。そして次には必ず、「いったいどうやってやめたのですか」と聞かれる。

これに対する答えは、「なぜやめたのですか」に対する答えと同じで、「気が狂っているからやめられた」ということにどうしてもなってしまう。だから、酒をやめたい場合はまず気が狂えばよい、ということになるが、私の場合、そうしようと思ってなったわけではなく、偶然にそうなったわけで、これが万人に当てはまる訳ではないと思うので、くれぐれも意図的に気を狂わせるのはやめていただきたい。

そしてまた、私の体験から言うと、気が狂っているからといって簡単に酒をやめられる訳ではない。なぜなら頭の中には二個のバッテリーがあるからで、ひとつは狂っていて、酒をやめろと言うが、ひとつは正気で、酒を飲むべきだ、と強く主張してくる。

ましてや、その狂った方は沈黙しているので、むしろ正気の部分の方が強い。ということはどういうことかというと、そう、私は酒をやめてこの方、ずっと酒を飲みたいという思いに囚われていたし、いまも囚われている。

というかはっきり言おうか。私はいまだって酒を飲みたい。飲みたくてたまらない。けれども飲まないで我慢している。なぜなら気が狂っているから。

つまり酒を断つこと、というか自分がそんなおかしなことをしているということを認めたくなかったので、いままで意図的にこの言葉を使わないできたが、使ってしまおう、禁酒・断酒というのは常に自分のなかの正気と狂気のせめぎあいであって、飲みたい、という正気と飲まないという狂気の血みどろの闘いこそが禁酒・断酒なのである。

つまり私はこの一年三か月の間ずっと闘い続けてきた。私は飲みたいという正気と闘い、また飲まないという狂気とも闘い続けてきたのだ。

これを文学の業界では内面の葛藤と呼ぶ。

そう私は一年三か月、葛藤し続け、そしていまなお葛藤し続けている。その結果、かろうじて、酒をやめている状態、を続けているという訳で、それが葛藤である以上、どちらが勝つとか負けるとかいう話ではなく、強いて言えばどちらも負け、ということになるが、飲まないでいる以上は現在のところ、この闘いにおいては狂気の方が僅かに優勢ということになる。

どうやって酒をやめたのか、という問いに対する取りあえずの答えは、この狂気の言い分に耳を傾けることによって得られるはずだ。

人生は本来楽しいものなのか？苦しいものなのか？

酒をやめた理由を知っている狂気は歩道橋から落ちて行方が知れず、おそらく死んだものと思われるのだが、幸いにして正気と闘っている方の狂気はまだ元気で、というのは当たり前の話だ、元気でないと闘えない、さっそく私は狂気のところへ話を聞きに行った。

狂気というからさぞかしムチャクチャな男で、身体に荷物運搬用のゴムチューブを巻きつけたり、意味なく血を垂らしたり、真夏に水菜を撒き散らすなどして、約束の時間など、そいつにとってはあってなきがごときもの、六年前のチャーハンを平気の平左で来客に勧めるような男を想像していたが豈図らんや、いたって普通、というか普通以下というか、しょんぼりした感じの男で、特に緊張することなくタメ口で、ときには随分と非礼とも思われる口の利き方で話を聞くことができた。

とはいうものの狂気は狂気だけあって論理の飛躍や破綻、矛盾が多く、また、過度に文学的であったり、空想的であったりするためよくわからない部分も少なくなかったのだが、まとめると以下のようになる。

どうやって酒をやめたのか。それを聞かれると僕自身、ぼんやりしてしまう。よく言われるんだ。「闘いをやめるな。おまえは酒をやめられたわけではない。いまも闘いの最中にいるんだ。酒を飲みたいという気持ちと闘ってるんだよ」ってね。だから僕にとっては、どうやって酒をやめたか、っていうのはどうやって敵を斃（たお）すか、っていうのとイーコールなのさ。だから、特に意識していないっていうか、撃ってくる。撃ち返す。って当たり前だろ？　その当たり前のことをどうやって説明するか、ってのがね、どうもぼんやりの根源にあるんだよね。

けれども説明しないとね、よしきた、説明しよう。ところで君は僕を狂気と呼んでるよね。ごまかしたってだめさ。知ってるよ。いいよ、いいよ、知ってるんだから。で、謝らなくていい。なぜってそれが僕の闘い方だからさ。そしてそれは向こうも同じ、つまり向こうは、「酒を飲まないなんて気違いだ」って言ってくる。そこで僕は言い返してやる。「酒を飲むなんて気違いだ」ってね。

そう。それが一番、根幹にあるんだよ。つまり僕らの闘いは理論闘争、思想闘争、というものが先ずある、ってことさ。最近話題の『愚管抄』読んだ？　あれに、道理、って出てくるだろ。つまりそういうことなんだよ。酒を飲むのが道理なのか、飲まないのが道理なのか。そこをめぐって僕らは来る日も来る日も一年三百六十五日、死に物狂いの闘いを続けてるって訳。はあ？　クリスマス休戦？　ある訳ないでしょう。イエス・キリストってあんな酒飲み。向こうの味方に決まってるじゃない。

具体的にはどんな論争があるか、って。論争なんてしませんよ。正しいことを心に思うだけです。自ら胸に手を当ててね。自分が酔っ払って、どんな言動に及んだか、そのときどんな顔をしていたか。ジッパーはちゃんと閉まっていたか。シャツのボタンは外れていなかったか。化粧は剝げていなかったか。息は臭くなかったか。そんなことを考えるだけでいいんです。それで敵はもうフラフラですよ。いや、そのとき僕がいちいち具体例を挙げなくても、向こうが勝手に思い出してくれるんですわ。ど素人でありながら斯界の泰斗に論争を吹きかけたり、おそらく自分より遥かに高額の報酬を貰っている酒場の女性に実際の数字を挙げて友人より年収が高いことを吹聴したり、厠から戻ってきて間違えて隣の座敷に入ってしまって気がつかないでけっこう長いこと談笑していたり、石灯籠に抱きついて腰をスクスクしたりしたことやなんかをね。そして、脂汗を流してウウム、と唸るんでさあ。

そう。仰る通り。それを考え出すと酒を飲むと心の駒が狂って暴れ出し、間違ったこと、恥ずかしいこと、筋の通らないことをやったなあ、とどうしても思い出す、だからさすがの向こうさんも、ひょっとしたら酒を飲まないのが道理なんじゃないのかな、と考え出す。けれどもそれで勝ち、となるほどこの世界は甘くない。向こうだって必死だ。だってここで負けたら酒が飲めないわけですからね。死に物狂いで珍理論を繰り出してきますよ。意外や意外、あのジョン・リー・フッカーは実は柿本人麻呂を研究し尽くしていた！　みたいなね、あり得ない話をしてくる。まあ言わば手負いの獅子で、破れかぶれの反撃、っていうのかな、高額の報酬なんて一時的なものだ、老後をどうするつもりだ、とか、泰斗とか碩学とか言われてる奴は大抵がニセモノだ、真の賢者は野に隠れている、とか、人と人との触れあい、温もりがなによりも大事だ、とか、石灯籠だって人間だ！　なんて暴論を矢継ぎ早に繰り出して自己を正当化したうえで、最後の最後には、「人がなんと言おうと俺は酒を飲む。一度きりの人生だ。やりたいようにやる。酒なくてなんの己が桜かな。酒も飲まないような人生なんてなんの意味もないんだよ。見栄や体裁を気にして、世間に気を遣って右顧左眄(うこさべん)して生きてなにが楽しい。俺のことはほっといてくれ。俺は好きなように生きる」と言いだすのさ。

うん。実際、それを言われるとこっちもそれ以上、反論ができない。さすがに、じゃあ死ねよ、とは言えないしね。実際、死んだらゼロだけども、酒飲みだろうがしゃぶ中だろうが、生きていれば僅かながらプラスとも言えるしね。

うん。そうそれ。僕はこれまで何十年も論争に負けてきた。それで長いこと彼は理論闘争に勝利して酒を飲み続けてきたわけだが、ということは、そう僕は敗北し続けてきたのだけれども今般ですねぇ、勃然と思いついた新理論によって初めてあいつを打ち負かすことができた、って訳で、その新理論を聞きたい？　聞きたいよねぇ。そのためにはＩＤとpasswordが必要です、なんて吝嗇なことは申しませんせん言いましょう。

つまり整理すると、奴は楽しみたい、と言っているわけですよね。その背景にある考えに俺は着目しました。

俺は、もっと言うと奴が、楽しみたい、と言っているバックグラウンドに不満感というか、不公平感というのかな、そういったものがあるのを感じとった。俺はもっと楽しむべきだし、楽しむ権利があるのにそれを不当に奪われている。だからそれを取り戻したいのだ、と言っているような感じを感じたんだよ。本来あるはずの幸福を取り戻し、人生を取り戻したい、そう言っているみたいなね。I can't get no satisfaction. と言い、Get back to where you once belonged. と言ってるんだね。

と僕が言うと、「でもそれってあくまで推測だよね。人がどう感じているかなんてわからないんじゃないの？」と口を曲げて笑いながら言う皮肉屋が必ず出てくる。でもわかるんだよ。なぜって、奴は自分だから。自分の内面だから。

で、先へ進むと、僕は言ったわけ、「じゃあさあ、なんで楽しむ権利がある、不当に楽しみを奪われていると思うわけ。君は持っている財産を奪われたのでこれを回復しなければならない、と言ってるけど、いったいいくらあったの？　それを証明する文書はあるの？　記録が残っているの？　あるんだったら見せてくれないかな。ないよね。だったら君はそもそも一円も持っていなかったんじゃないの。なかったものを奪われたと思い込んでいるに過ぎないんじゃないの。つまり君は楽しむ権利なんて誰からも与えられていなかったし、人生は本来楽しいはず、というのは幻想で人の一生はお釈迦さんが言う通り、苦しみに充ちているんじゃないの」ってね。

そしたら奴は、快楽主義の哲学が云々、とか言うのだけれども、なに、上っ面でそんなこと言っているだけだから証明はできない、そこで僕は一気に畳みかけた。

「人生が楽しいはず、なんていうのは広告屋が考えた虚妄じゃないですかね。トリスを飲んでハワイへ行こう、ってね、そりゃあ、誰かは行ったでしょうよ、でもその人は一等当選した人ですよ。宝くじで三億円当たる人はそりゃあどこかにはいる、それは事実だけれども、自分がその人になるべき、自分は三億円の権利を不当に奪われている、と主張する人とそんなもの滅多に当たりませんよ、と言う人、どっちが正気なんだろうね。つまりすべての人が幸福になる権利がある、と訴えるのと、すべての人に三億円当たるべき、と主張するのは同じくらい滑稽だと、こう言ってるんですよ。はあ？　幸福追求の権利？　ルルル、法律論ですか。それって幸福の権利じゃないでしょ。追求の権利でしょ。すりゃいいんじゃねぇ？追求。十億円分の宝くじを買えば一億円くらいは当たるんじゃねぇ？」

したら、やっこさん、黙っちまいやした。黙って俯いて額を揉んだり、自分の乳首をいじって悶えたりしている。さあ、もう一息、てんで僕はさらに奴を論駁した。

飲酒とは人生の負債である

　さあ、そのうえで僕は最終的な論駁を始めた。

「人生は楽しいはず。そりゃあそうかもしれないが、資産の反対側に負債があるように、純粋な楽しみというものはないはずだ。それは僕らの命というものを考えてもわかるだろう。命はそれを維持するための労苦をともなって初めて存在することができる。具体的にいやあ、働いて銭儲けをしなければ、露の命は保てない。その労苦、すなわち、馬鹿な奴にお追従を言ったり、満員電車に乗ったり、愚にもつかぬ戯言に、いいね！　と心にもないことを言ったりすることによって保たれていて、それは紛れもない負債なんだわ。それも莫大な、下手したら債務超過になるくらいの」

　そう言ってやると奴は少し元気を取り戻して言った。

「君はなにを言ってるんだ。やはり君はキチガイだな。だからこそ、酒を飲むんじゃないか。そんな労苦を楽しみによってカバーするために」

「ほほほ。君こそなにを言ってるんだ。わかった。わかりやすく説明してやろう。つまり、君は酒を飲む楽しみがそっくりそのまま人生の純資産になると言っているのだが、ははは、そううまくはいかないよ。それははっきり言って資産ですらない。なぜなら酔いはすぐに醒めるからだ」

「要するに償却資産ということだろう」

「馬鹿な。数時間で償却してしまうんだよ。それは償却ではなく消滅だ。そんなものは資産とはいわない」

「けどそのときは楽しい」

「もちろんな。けれども一瞬のことだ」

「だから大酒を飲むんだよ。楽しみが終わってほしくないから」

「楽しみが終わったらどうなる？　負債だけが残るんだよ」

「飲み代ってことか。そんなものは酒の楽しみに比べれば高が知れている」

「それもあるがそれだけではない。大酒を飲めば飲むほど宿酔の苦しみというものもあるし、それになあ、大酒を飲むと自分が楽しいかどうかすらわからなくなっている可能性があるんだよ。なぜならその楽しみを感じる主体が既に酩酊してしまっているから。つまり楽しみでもなんでもなく、ただ半狂乱で喚き散らしているだけで、素面ならむしろ苦しみということだってあり得るんだわ」

「どういうこと？」

「例えば、そうだね、楽しい存在ではなく、ただの厄介物と成り果てて周囲の冷たい視線を浴びてそれに気がつかず叫び続けている孤独なけだもの、とかね。そんなものであることは苦しいことでしょ」

「俺はそんなことはしない」

「素面ならね。でも酔ったらわからんでしょ。泥酔してたら」

「ううむ」

「それこそが負債ですよ。そしてそのうえ襲いかかってくるのが、激甚な宿酔とかすかに残る記憶が生み出す不安、そこから心のなかに黒雲のように広がる絶望と悔恨」

「やめろ。酒が飲みたくなってきた」

「そうやって不安を宥めるために酒を飲む姿は自分の人生の経営者ではない、まるで利子を払うために借金を重ねる多重債務者だ。飲んでもあまり楽しくならず、飲んでいないときの不安感、不快感だけが増大していく」

「それは中毒患者の話だろう。俺は普通に仕事もしているし、昼間から飲むなんてことしないから大丈夫なんだわ、悪いけど」

「じゃあ、飲め。飲んで負債を増やし続けろ。飲む楽しみがそれに見合って増えることを祈っているよ。まあ、無理だろうけれども。なぜなら命そのものがいわば償却資産だから」

「病気になるっていうのか」

「まあ、なっても酔うには酔うだろうから大丈夫でしょ。楽しみを増やそうと思ったらその分、苦しみも増える。そしてそのうち苦しみの利息がふくらんで、飲んでいないときはただ耐えるだけ、という状態になる、っていうか、君の場合、もうなっているだろう。飲むために働いている、みたいになってないか。飲む以外のことの価値が君の中でとても低くなっている。それこそが苦しみなんだけどな。まあいいや、好きにしろや。世の中の美しい景色や悲しく切なくだからこそ愛おしい人の情をどうでもよいこととして雑居ビルの一室で脳を痺れさしていろ」

「うるさいっ。ちょっと中座していいか」

「いいけど、どこ行くんだよ」

「コンビニ行ってくる」

「なんか買いに行くのか」

「ああ、ちょっともう、おまえの話がうざくなってきたから黒霧島買ってくるわ。素面じゃ付き合いきれん」

と言ってね、やっこさん、いよいよ耐えられなくなったんだね、焼酎の四合壜を二本ぶら下げて帰ってきたんで、僕はすかさず言ってやった。

「お、二本も買ってきたのか。なんでだ」

「まあね」

と奴は弱気。続けて、

「別に二本も飲むわけじゃない。俺はそこまで大酒飲みじゃない。ただ、一本飲んで、ああ、あともう一杯飲めばちょうどいいんだけどなあ、と思って悲しくなるときあるでしょ？　ってあるんだよ。そんな悲しい気持ちにならないために二本買ってきたんであって、これを二本とも空にしちまうなんてことは、断言するが、ない」

と弁解じみて、それでもなんだかいそいそと酒の仕度をして、これをグイグイ飲み始めた。飲むうちに気が大きくなる様子で、最初のうち、こちらの言うことを茶化したり、混ぜっ返したりして相対化しているつもりであったが、そのうちそうしたこともしなくなり、意味の通らないことを言ってケラケラ笑ったり、やたら怒り出したりと、そろそろいけなくなって、終いの方は目が据わって随分と酩酊しているようで、見るとそらそうだ、完全に空になったわけではないが、二本目が残り半分ほどになっていて、口をきかないなあ、と思ったらその場に突っ伏していて、僕は自分だからいいが、これが他人だったらこの醜態は確実に人生の負債となっただろう。長いことかかって築いた信用や友情という無形の資産よりも遥かに大きい有形の負債となるんだよ。

そして僕は実はその酔態の一部始終を動画撮影しておいた。そしてやっこさんが意識を取り戻して、肉体の立場から言うと、重篤な宿酔の症状を呈しているときに、この動画を再生し、感想を求めたんだよ。そうしたら、るふふ、奴は、自分が正気で、僕が狂気だと主張する奴は意識としての論理的な一貫性をどんどん失っていき、コンニャクのようにブルブル震える意味不明な、プロジェクターに投影される、動く模様のようなものになり、次第に小さくなって意識のフィールドから消滅した。このようにして僕は理論闘争に勝利しましたのさ。勝利したんぞい。つまりまとめますると、そう、酒の楽しみは人生の資産でなく、楽しみと呼んでいるものは実は負債そのものであった、ということを教えたんだよ。この考えを推し進めると、そう。必ず人生そのもののバランスに思いがいたる。楽しみの反対側には必ず苦しみがある。絶対ある。生まれたら死ななければならないように。つまり生という資産の反対側には死という負債がある。だから生きている間は、楽しみが苦しみをわずかでも上回るようにしなければ、ただ苦しむために生きているということになるのだ。しかし、少なくとも飲酒だけに限って計算すると、これまで見てきたようにマイナスが大きすぎて、苦しみという負債を増すだけだ、ということが明らかなんだよ。だからこそ奴が狂気の水底に沈んで見えなくなり、僕が正気の岸辺に上陸した、とこういう訳なんだよ。

と、こう言って禁酒の狂気の長広舌は終わった。

なるほど、と私は納得した。確かに酒を飲むとき、自分はその楽しみを感じているはずだが、感じている主体が酩酊しているのだからそれが善きものという判断は極めて怪しいし、そのように考えてみれば確かに負債は大きなものである。

なるほどあの「なぜ酒をやめたのか」を語らぬまま死んでいった狂気もそんなことを考えていたのか。しかしそれにしてもそれだけ、というのは理論の学習だけで酒をやめることはできないはずで、なんとなれば、酒を飲みたいというのは理屈ではなく、実際的な身体の欲求であるからで、意識レベルでの理論闘争に勝ったところで、実際にコンビニに行って黒霧島を買うのは身体であって、身体が飲んでしまってはどうしようもない。

理論闘争の後は、そう、飲みたいという欲求との具体的な争闘がある。それを語ることこそがまさに、「どうやってやめたか」であろう。

思えば、この一年あまり、私の人生はそうした、飲みたい欲求、との激烈な闘いの日々であった。そのことで受ける傷や苦しみは負債ではないのだろうか。私は勝ち誇った顔で意識の奥に去って行った禁酒の狂気（いまや正気なのか）にそんなことを尋ねてみたい気分だった。

肉体の暴れを抑制する方法を考える

先日。麻布十番の支那料理屋で辛鶏や灼拉麺を食していたところ、隣の席の女性（酒徒らしく紹興酒をきこしめしておられた）が声を掛けてきたので話を伺うと、この稿を読んでくださっている読者の方で、前回の禁酒の狂気の話に異論があるとのことだった。いろいろ仰っておられたが要約すると、自分は楽しいから酒を飲んでいる。それにあたって苦しみは一欠片もない。よってあなたの論は承服できない、とのことであった。言われてみると確かに議論が人生全体に及んだため少しわかりにくかったかも知れないので、もう一度、酒に限った形で述べておくことにしよう。

話は実に単純である。

酒を飲むと楽しい、この楽しみが資産である。しかし人生において楽しみだけがあるということはなく、楽しみにはそれに見合った苦しみが必ず伴う。この苦しみが負債ということになる。その酒徒の方はこの苦しみがなく、飲酒には楽しみしかない、と仰ったのだが、命が有限であり、生と死がセットになっていて、生がいずれ死によって清算されることからも知れるように、それはない。必ず反対側には苦しみがある。

その苦しみの内容は様々であるが、比較的わかりやすいものに、酒毒によって蝕まれる健康、時間を浪費することによって生じる生産性の低下、金銭の費消、酔いによる錯誤や判断ミス、錯誤によって生じる周囲との軋轢（あつれき）などがある。

もちろんそれはどんな楽しみにもつきまとうもので、例えば家族で遊園地・行楽地に出掛けたとしても、楽しみの反対側に、金銭・時間の費消を伴う。出先が混み合い、交通が渋滞するなどすれば身体の疲労も著しいだろう。けれども、この場合、その事柄が経験や記憶として後々まで残り、共有される。特に子供の場合などは、その体験そして記憶が情緒、人格を育む。五十歳、六十歳になっても子供の頃、両親と出かけた海辺の景色、夕焼の色、食膳の蛸の刺身など覚えている人は多いはずである。つまり楽しみと苦しみが釣り合っている。

しかるに酒の場合はそうはならない。なんとなれば、その楽しみの本然が、酔い、である以上、数時間でそれは消え、記憶、経験として、乃ち、人生の資産として残らないからである。そして右に言った負債だけが残る。つまり楽しみと苦しみが釣り合わず、苦しみだけが残る。

それでは困るので酒徒はバランスを取るためにまた酒を飲み、楽しみを得ようとする。しかし、すでに苦しみがあるので、まずはそれをゼロにするために飲む。そしてゼロになったのでやめるかというと、そもそも楽しみを求めて飲んでいるので、ゼロではなんの意味もなく、さらに飲む。ということを数字で表すと、前回は5飲めば十分に楽しかったのが、今回は－5からの出発なので5を飲んでやっと0、そこからさらに5を飲んで漸く、前回と同じ分の＋5の楽しみを得ることを得るのである。ということはトータルで10飲むことになる。前回は5で＋5の楽しみを得られたのに今回は10を飲まないと＋5の楽しみを得ることができない。そしてその楽しみは翌朝には消え、－10の苦しみが残るので次回は15を飲まないと＋5の楽しみを得ることができない。

飲酒の苦しみ・負債はこのようにして増大し、得られる楽しみ・利益は少なくなっていく。飲んでも昔のように楽しくない。最近、頓に酒量が増大した。連続飲酒のようなことになってしまった。

これらはすべてこのことから説明ができる。こういう状態を称して昔の人は、「人、酒を飲む、酒、酒を飲む、酒、人を飲む」と言った。ただ飲むために飲んでしまっているのだ。

ということでわかっていただけただろうか。もちろん、楽しみの反対には苦しみがある、乃ち、「楽あれば苦あり、苦あれば楽あり」「楽は苦の種、苦は楽の種」といった原則を否定して、まったく苦しみを伴わぬ絶対的な楽しみがこの世にあると主張する人（実は件の支那料理屋で出会った女性は最後までそう言い続けた）には、この理屈は通用しない。なのでそういう仁は楽しく酒を飲み続ければよいと私は思う。なぜなら人の生き方に嘴を容れることは私の趣味に合わぬからである。

なーんてね、私の趣味なんてどうでもよい。人の趣味を詮索するのが趣味なんて人は数少ないに違いない。そんなことより問題は、なぜ酒をやめたかということで整理すると、わからない。わからないがおそらく気が狂っていたからだ、ということ。その私のなかの狂気に私のなかの正気が敗北したから、ということ。

そして次、どうやってやめたのか（やめた状態を保っているのか）というと、酒を飲みたいという正気とやめたいという狂気は常に闘っており、その争闘は主に理論闘争であるが、ここ一年ほどは、狂気が優勢で、その理論の核心部分こそが右に申し上げた「人生の苦楽バランス論」である。

さてしかし申し上げたように、どれほど完璧な理論を構築したところで、肉体がそれを無視して擅に振る舞えば、理論はこれを押しとどめることはできない。しかも、正気は墜死したが、肉体はまだ生きている（あたりまえだ。だから生きている）。

「なにがバランス論だ。俺は生まれながらのミモザサラダだ。死ぬまでには紅芋の百倍の苦しみがある。だから、飲むっ。飲むっ。飲むっ」

と力強く宣言してもこれをとめることは意識にはできない。そこでその飲みたいという欲求を抱いて飲み餓鬼を宥め、酒を飲まない長い夜、まさに無明の長夜をどうやって乗り切るかという方法について考えていきたい。

さて、肉体の暴れというのはどうしようもない。なぜならそれは生存という観点から言えば理に適っている部分が大いにあるからで、腹が減ってたまらないとき、肉体が飯を食え、と言い、それに随う（したが）から餓死しないで済むのだし、性の衝動があるから種が保存される。だからこそ抑制が難しい。

それを全面的に禁止すれば滅亡する。しかし、全面的に解放すれば、苦と楽の総量が際限なく膨れあがる。そして酒を代表とする快楽部門に関しては右に見たようにいずれ苦しみばかりが増大して破綻する。しかれども快楽を脳は追求してやまない。なぜなら私たちの頭がそういう造りになっているからである。

いろんな宗教は、その矛盾を解決して、死ぬまではあまり苦しまないで、ほどほどに飲み、ほどほどに食い、ほどほどに快や美を追求・享受して生きるためにあると言ってもよいのかも知れない。けれども、そのほどほどが、所謂、悟り、ということで、それができた人は御存知のようにきわめて少ない。つまり、さほどに困難な課題と言ってよいのである。

　だからといって肉体の言うがままになっているわけにもいかず、そこはなんとか意志の力を鍛え、意志の働きでこれをやめるようにするより他ない。

　これを称して文民統制という。どういうことかというと肉体という武力が暴走して謀略を仕掛けた挙げ句、政府の意向ではない戦争を始めたり、居酒屋に行って芋焼酎のオンザロックとホッケ一夜干しをオーダーしたりしないように、予め、文民、乃ち意志の統制下に置く制度を整備しておくのである。

　これを実践するのは意外に簡単である。

　どうすればよいかというと、飲酒を禁止している宗教、例えばイスラム教などに入信するとよい。モルモン教なども酒はＮＧだったように思う。そうすると酒を飲むという何気ない日常の行為が、唯一の偉大な神に背く、唯一の偉大な神が、「するな」と言っていることに逆らってそれをする＝唯一の偉大な神に喧嘩を売る、ということになってしまい、もちろん、人間と神が闘うなんて、蟻が巨象に闘いを挑む、或いは、貧弱な体格のパンクロッカーが訳のわからない幻覚剤を服用したうえで、ヌンチャクを振り回して「アチョー」とか言いながらアメリカ陸軍機甲師団に突撃していくようなもので、一瞬で影も形もなくなるのは自明、それが恐ろしいので酒をやめる、と、まあ、こういう寸法である。

しかし、これには一つの問題がある。というのは信仰というのはそんな甘いものではない、ということで、はっきり言って、酒をやめたいから信じます、程度の、生ぬるい信で信仰を持続することはできない。というか信仰を全うするには酒さえやめればよいわけではなく、その他にも守るべき戒律は幾つもあるだろうし、礼式に則った祈りや捧げ物も必要になってくるし、それよりなにより、信じる心、というものが先ず最初になければ信仰は成立しない。

にもかかわらず、「いや、俺は酒だけやめられればいいっす。姦淫とかはフツーにするっす」とか言ってたら、神の側から、「おまえは来なくていい。つか、来るな」と言われて入れてもらえないし、じゃあ、と言うので神に、「日本国憲法第二十条、知らないんすか？信教の自由あるんすよ。それでも駄目だっつうんだったら、俺、訴えるっす」と言ったところで神は黙して語らない。なぜならそれは法の問題ではなく、道徳の問題ですらなく、一個の人間の心の問題であるからである。

それに、その程度の信仰心で酒をやめることはできない。なぜなら、かなり信仰心のある人でもときに神に背いてアカンと言われた神像を拝んだりしてしまうからで、ましてや酒徒ともなれば、「チョイト一杯のつもりで飲んで」から始まり、「分かっちゃいるけどやめられねぇ」となるのが目に見えているからである。

じゃあどうすれば酒をやめられるのか。そして私はどのようにして酒をやめたのか。私たちはこれからますます困難な道のりを辿ることになる。

禁酒会の連帯感で酒はやめられるのか？

身体に悪い。人生の債務超過。そんなことは重々承知している。にもかかわらずやめられないのが酒。その酒をどうやってやめたらよいのか。前項では不飲酒戒のある宗教に入信したらどうか、というプランを提示したがこれは駄目だということがわかった。なぜなら宗教の目的は禁酒ではなく、もっと根源的な魂の救済であるからである。ならば。

所謂、禁酒会・断酒会などに入会するのはいかがだろうか。

これならば魂の救済などと小難しいことを言うこともなく、ただ偏に禁酒・断酒を目的としているわけだし、それぞれに方法論もあるだろうから、容易に目的を達成できるのではないか、と思われる。

なぜなら、禁酒会の最大の特色は会員相互の仲間意識・連帯意識で、それが生じて初めて酒がやめられるからである。酒をやめると誓うのは宗教と同じなのだけれども禁酒会の場合は、神に誓うのではなく、会員が互いに誓い合うのである。

これは私たちの国民性に非常にあったやり方で、「みんなで頑張っているのに自分ひとりが落伍するわけにはいかない」「みなに迷惑を掛けたくない」という思いによって頑張ることができる。

と言うと重圧がのし掛かってくるようだが、みなで集まることによって心の内にある苦しみを人に聞いて貰うことで楽になる。或いは、人の苦しみを聞くことによって、苦しいのは己ばかりではない、と知ることによって孤独感が癒やされる。ますます頑張れるし、そうした仲間たちと他愛のないバカ話や噂話をしておれば気が紛れ、そんな瞬間は酒のことを忘れている。一人でいると酒のことばかり考えているというのに！

という寸法で、禁酒のために集まった、言わば禁酒に特化した救済装置である禁酒会に入れば、かなりの確率で酒をやめることができる。

はずなのであるが、これにはこれの問題点も、申し訳ない、やはりある、と言わざるを得ない。

どういう点かというと、それは、禁酒に特化している点である。

と言うと、「えええええええっ？　宗教と違って禁酒に特化してるからいいって言ったんじゃないの。その舌の根も乾かないうちに今度は禁酒に特化している点が悪いって、アタマおかしいの？　情緒不安定？　死んだら如何」と仰る方が出てくるかも知れないが違う。

確かに酒をやめた私は気が狂っているが、いま言っているのは、光あるところには必ず影がある、という至極当然のことに過ぎない。

どういうことかと申し上げると、そこに集う人は、禁酒、その一点でのみ寄り集う人たちで、その内実はいろいろである。男もいれば女もいる。若い人もおれば年寄りもいる。堅気もいればヤクザもいるかも知れないし、ネトウヨの人もいれば極左の人もいるのかも知れない。

そういう人たちは考え方や人生観が異なって互いに相容れない部分もある。

けれどもここはそういう場所ではない。禁酒。その一点にのみ特化した場所なのでそういう話はせず、酒に関係する話しかしない。けれども仲間として一緒にいるのである。誰かが酒と関係のないこと、例えば「ラーメンとチャーメン、どちらがより好きですか？」みたいな話を仕掛けてきて、「酒に関係のない話はするな！」と一蹴することができるだろうか？

もちろんそんなことはできない。というか、そんなことをしたら逆に、心を閉ざした人、みたいな扱いになって孤独感・疎外感を感じ、その寂しさを埋めるために酒を飲みたくなってしまう。それではなんのために入会したかわからないので、「自分の場合、どちらかといえばチャーメンですね」と答える。

人間というのはおもしろいもので、そんなことがきっかけとなって、親しく話すようになる。そうなるとそうした表面的なことばかりではなく、もう少し踏み込んだ話をお互いにするようになる。

どんな話かというと、「僕は長いこと経理マンとして生きてきた。だから会計に関しては一家言ある」とか「若い頃は独楽（こま）回しとスケコマシに夢中だった。僕の独楽回しを見てくれないか」とか「誰にも言っていないのだが人を殺めたことがある。人体にナイフがズブズブ刺さっていく感触が、いまもこの手に残っている」みたいな話であるが、そうなってくるとそろそろおかしくなってくる。

というのは勿論、そのことによって禁酒というタグが有耶無耶になって、その人と「人間的に」向かい合わなければならないからで、それは一般的に言ってもかなり面倒くさいことであるうえ、この場合は「仲間」なのでもっと面倒くさい。下手をすると揉め事、喧嘩・口論に発展するおそれがある。

一般社会では、そのように面倒くさいときは、酒を飲んで酔っ払うことによって意識を拡散させ、議論を突き詰めないようにする、という手法が用いられるのだけれども、もちろん禁酒会でそれを行うわけにはいかず、相手のことをうとましく思ってしまうのを避けることができない。

また、そういう風に、「一番はラーメンに決まってるだろう。なにがチャーメンだ、ふざけるな」みたいなレベルならまだよいが、これが思想・信条、人生観・宗教観などにいたると、倶に天を戴かず、というくらいにまで反目し合って、「しょせんあいつは経理マン。開発者の気持ちはわからない」とか、「独楽回しなんてなにがおもしろいのだ。バカじゃないのか。それにスケコマシなんて不埒千万だ。うらやましい」とか、「人殺しと一緒にされたくない」みたいなことになって、「仲間の信頼・友情を裏切るわけにはいかない」なんて機制はまったく働かなくなる。

　こうなってくると、そうした根源的な部分が予め共有されている、信仰、の優位性がやはり際立ってくるのであり、つまりは一長一短ということになるのである。

　と言うと、「いやさ、そんな極端な人はむしろ少なく、多くはラーメン／チャーメンの水準に留まるはずです」と仰る人があるだろう。或いはそうかも知れない。しかれどもここにもうひとつの問題がある。それはなにかというと。

　組織というもの、団体というものが、自ずと抱える問題である。

　というのは、組織・団体には必ず設立の目的というものがある。つまり、「回転式鼻毛カッター普及協会」であれば文字通り、回転式鼻毛カッターの普及が目的だし、「吉岡を滅ぼす会」であれば、吉岡を滅ぼすことが目的である。そして会員各位はその目的の達成を目指して協力して事に当たる。

はずなのだけれども、いつの間にかその目的が変わってしまうことが屡屡ある。

どう変わるのか？　鼻毛カッターの普及が腰カッターの普及に変わるのか。吉岡の覆滅がルミ子の根絶に変わってしまったのか。違う。そういうことではない。ではなにに変わるのか。どう変わるのか、というと、目的は変わらない。変わらないがそれは遠い目標のようなものになり、取りあえず組織を維持することが最大の目的になってしまうのである。

これが組織・団体が運命的に抱える宿痾のごとき問題である。

その結果、どういうことが起きるかというと、当初の設立目的は「遠い目標」、組織が存続するためにみんなで唱える「お題目」のようなものになり、目的を達成しようとして現実的な努力をする者は、「そんなことをしたら組織が潰れてしまうのがわからないのか」「理想と現実をごっちゃにするな」と批判される。

簡単に言うとそこに、政治、が生じる、ということである。ということは、指導者とその取り巻きとそれに従う民衆、という構図ができるし、人事と予算をめぐる揉め事がもっちゃがるということで、これは多くの人にとってうんざりする事態である。

そうなると必ず組織の意志と個人の思いが対立するようになってくる。

例えば、「みんなが幸せになる会」というのがあったとする。会の設立目的は、みんなが幸せになること、だが、右のように会の存続そのものが目的化して、会は発展しても一般会員はいつまで経っても幸せになれない。これに対して、「おかしいのではないか」と言ったところで聞き入れては貰えない。「おまえは邪魔だ。おまえがいるとみんなが幸せになれない。出て行け」と言われる。「俺だって、みんな、のうちの一人でしょう」と抗議しても、「うるさい。邪魔だ。民主主義のルールに従え」みたいにして追い出される人がぼつぼつ出てくるようになる。

　という訳で組織はそういう問題を内に抱えている。比較的、穏健な組織であろう禁酒会とて例外ではない。会の世話役的な立場にある人とヒラの会員では、会に対する向き合い方も自ずと違って、ときには軋轢が生じることもあるだろう。

　そうするとどうなるか。気持ちが荒れる。クサクサする。気持ちがクサクサするとき、「ああああっ、クサクサする。こんなときは、そう、おもっきりアイロンでもかけてやろう」と言ってアイロンがけをして、「おおおおおっ、伸びる。皺が、伸びるううっ」なんて絶叫する人は少なく、やはり、心の憂さの捨て所、酒を飲みたくなってしまうのであって、それでは元も子もない。

　惟(おも)ふに抑(そもそも)、酒徒は個人により沈淪する性質を有する。なぜそうなるかと言うと、飲む酒の味は自分にしかわからぬからで、酒席をともにしたところで酔い方は人それぞれである。エゴイストというのは言いすぎかも知れないが、孤独癖・厭人癖、世を捨てる心、隠者の心が酒徒には多分にあるような気がする。それを思えば。

そう。教団に入る、禁酒会に入るなどして他人の手によって己の心を縛るのではなくして、あくまでも自分の力で、飲みたいという肉体の暴れを縛める。逆から言うと、酒の軛を断ち切る、ということが必要になってくる。

でも、そのための力はどこから得ればよいのだろうか。

酒を飲みたい肉体の暴れは肉体で縛る

ここ一か月ほど。折口信夫が書いた本や折口信夫に関連する本を読んでいる。

と言うと人は、「なんでだー。なんでそんなものを突然、読み始めた？　理由はなんだ？」と問うに違いない。恰も、「なんでだー、なんで酒をやめたんだー」と問うが如くに。

そこで質問に正直に答えると、「なんとなく」と言うことになる。

なにも約束のない午後、書棚をなんとなく眺むるうちに手にとったのが、『折口信夫全集第十二巻』で、冒頭の数行で引きこまれ、そのまま読み耽ってしまった。

この本は私が二十一歳の砌、高田馬場のＢＩＧＢＯＸというビル一階で開かれていた古書市で買い求め、持ち帰って読み始めたが一行も理解できず、爾来、三十数年、宿替えの度に持ち歩いたものの一度も開くことのなかった本である。

と言うとまた、「なんでだー。なんで三十年も読まなかった本をいま読むんだー」と問うてやまぬ人があるに決まっているので、これにも正直に答えると、「酒をやめたから」ということになる。

なぜなら酒を飲んでいた三十年は人生のすべてが酒を中心に回転しており、できるだけ早く、後顧の憂いをなくしてこころおきなく旨い酒を飲みたい、そのためにはできるだけ早く一日の業務・責務を終える必要があるので、ほんの少しでも時間が空けば、仕事や雑用を済ましていたので、そんな難しそうな、しかも当面の仕事に、なんの関係もない本を手にとって、分からぬところがあれば立ち止まり、或いは立ち戻って考え、理解しながら、ゆっくりと読み進める、なんてことができなかったからである。

もちろん賢い人であれば酒を飲んで時間がなくても、素早い理解が可能なのだろう。けれども自分のような愚物にはそういう事情があった、という訳である。

だから三十年読まなかった『折口信夫全集第十二巻』を読むようになったのだが扨、酒の軛を断つためには、すなわち酒を飲みたいという肉体の暴れは、(人にもよるが)他の力、集団の力で縛るのは難しく、自らの内的な力で縛るのがよいでしょう、という話の続きを申し上げることにしよう。

けれどもそれは一筋縄ではなく、いろんな縄が絡み合っている。

稀代の碩学。あの柳田國男をして、日本人の可能性の極限、と言わしめた南方熊楠は森羅万象は無数の原因と結果が相互に影響し合って成り立っていて、すべては通じ合っており、個人の精神と外界も実はツウツウに通じている、と言ったが、そうだとすれば、私が言う内的な力とて、ひとつのスッキリとした力ではなく、その力のなかにはいろんな力や考えが鬩ぎ合い、また、その道筋を辿っていけば大宇宙に通じる無数の因果があると思われる。

それを全部、説明するのは熊楠ならぬ自分には難しく、でも庶民はそうしたことを直感的に感得して、なんとなく、と言っているのであろう。

だからこそ、なんとなく出家した人、なんてのも出てくるのだろうし、「なんであんな人と結婚したの？」「なんとなく」という会話も交わされるのだろうし、なんとなく、自殺する人、なんてのも出てくる。

その、なんとなく、の側から人間を見るのが文學であり、その文學についてなんでもかんでも、「なんでだー」と小児の如くに叫喚し、粗い回答を得て納得したがることの愚はそのことからも知れる。

といって、おほほ、話がそれたがつまりそれほどに肉体の暴れを縛める縄は複雑だし、ユルユルでまったく利いていない様に見える縄が実は重要な役割を果たしていたり、ちょっと見には縄に見えないが実は強く縛めている、なんてものもあり、それらの力の総合として酒を飲みたいという肉体の暴れを鎮める力となるので、簡単に、「こう結べばいいよー」と説明できるものではない。

しかし、南方先生は、それとて根気よくひとつびとつ説明していけば説明しきれないわけではない、と仰った。そこで私が試みた、或いは、実際には試みなかったが、こうすればよいのではないかと考えた縛り方を、まずはひとつびとつ挙げていくことにしよう。

まず私が考えたのは肉体には肉体を以て当たる、という考え方である。

改めて考えてみればまったくその通りで武力による攻撃に対しては武力で対抗するしかない。外交的努力が必要だ、とか、話し合いで解決すべき、という意見もあるが、それもある段階までの話で、相手が目前に迫ってきたら、そんな悠長なことを言っては居られず、力でこれに対抗せざるを得ない。

肉体が力で飲みに行く。具体的には足を使って歩いて飲み屋に行き、手を使ってグラスを保持し、口と喉でこれを飲んだ場合、思想はこれを押しとどめることはできない。それどころか飲むやいなや、精神は肉体に瞬間的に制圧され、「くぅー、うまいっ」など言ってしまう。

なので肉体で阻止する。というのは、そう、はっきり言って暴力で、グラスに口を付けた瞬間、殴る↓蹴る↓胸倉を摑んで押し倒す↓馬乗りになって烈しく揺さぶる↓後頭部がガンガン床にぶつかる↓気絶する↓物理的に酒が飲めなくなる。

と、まあ、こういった寸法である。

こうなればどうしたって酒を飲むことはできず、ほぼ完璧なやり方と言えるがひとつだけ欠点があるのは自分で自分を殴れない、仮に人並み外れた克己心によって殴ったとしても、こんだ、自分で自分の胸倉を摑んで押し倒すことができない、仮に人並み外れた運動神経によって押し倒したとしても、真意の摑めないパントマイムにしかならない、という点で、これが即ち致命的な欠点である。

ならば、というので人に頼んで殴ってもらう、という方法もないではない。しかし、友達を肉体的に痛めつけるのは心理的抵抗感が大きいだろうから、よほどの友達、もう半分以上自分、みたいな莫逆の友でない限り、引き受けないに違いなく、人間関係が広く薄くなる傾向にある昨今、そこまでの友達はいない、という人が多いのではないだろうか。

ならば身内に頼んで、ということになるが、そうすると男が女を殴る、女が男を殴る、老人が若い者を殴る、若い者が老人を殴る、ということになって、いずれも具体的な問題をはらんで実現は難しい。

そこで出てきたのが別に殴らなくてもいいのではないか、という議論である。考えてみればその通りで、酒を飲まなければそれでよいのだから、その目的が達成される限り、相手の（というか自分の）被害は小さいにこしたことはない。

敵国がミサイルを撃ってこなければそれでよいのだから、なにも一国すべてを焼き討ちにする必要はなく、ミサイル基地だけを破壊すればそれでよいというわけである。

で、どうすればよいかというと、取りあえず誰かに頼んで手足を縛ってもらう、というのが順当だろう。そうすると歩けないので、どうしたって飲みに行けないし、殴るのは抵抗がある、という人も、「まあ、縛るくらいなら……」と快く引き受けてくれる場合が多い。

ただ、これにもいくつかの問題点がない訳ではなく、そのなかでも最大の問題は、縛られて動けないでいるうちに段々と腹が立ってきてしまう、という問題である。

と言うと奇異に思うに違いない。ってのはだってそうだろう、縛ってくれ、と頼んだのは自分である。にもかかわらず腹が立つのはおかしいぢやないか、矛盾しているではないか、と誰もが思う。

しかし人間は身の内にこうした矛盾を抱えているもので、例えば。

私方にときおり、代金引換の荷物が届くのだが、その度に、配達の人が非常に申し訳なさそうに、「す、すみません、だ、代金引換なんですが」と言って、必要以上に恐縮しているので、ある日、ついに、「どうしてそんな恐縮するのですか」と問うと、意外の答えが返ってきた。というのは。

代金引換、と聞いた途端、「ふざけるな、カネばっかりとりやがって」と怒り狂うカスタマーがおらっしゃるということで、それを依頼したのはご自身だし、しかもそのお金が配達の人の懐に入るわけではなく、それで怒り狂うのは二重三重におかしいことなのだけれども、一定数、そうした方がいらっしゃり、また、怒り狂わないまでも、極度の抑鬱状態に陥ったり、不機嫌になる人をも含めると相当の割合に達するらしい。

という一事からも知れるように人間は自分で意思してやったことについて腹が立つ、という矛盾を屡屡感じる、というかその矛盾を根源的に身の内に抱えている生き物なのであり、酒は、この矛盾、この懸隔を埋めるためにあるのかもしれない。

そして自分で意思して飲んだ酒によって翌日、二日酔いで苦しむ、という矛盾にまたも逢着するのである。

なので、身体を縛って動けなくすることによって酒を飲まないようにするというのはあまり効果的でない。

身動きひとつできず、自分ひとりでは水も飲めない、厠にも立てないという状況のなかで、自ら望んでこうしてもらった、ということを忘れるわけではないが、それを理解しつつ同時に、「く、くそう。みなが楽しく生きているなか、なんで俺ひとり、こんな苦しく、惨めな思いをしなければならないのだ」と思うようになり、こんな苦しい思いをしたのだから自由になった暁には思うさま酒を飲んでやる、と心に誓い、実際にこれを実行に移す、ということになって、結局のところ逆効果、なにもしない方が少ない酒で満足できた、ということになりかねない。

それどころか、まったく見当違いの恨みを、すなわち自ら註文した荷物が届いて配達の人を恨むが如き恨みを抱いてしまう可能性もある。勿論其れは没論理であるが、実は凡ゆる論理の基には、真理・実相を究めたいという、大いなる感情があるのであり、それを考えれば恨みを基とした論理を構築することは人間の得意技といえ、「確かに縛ってくれ、と俺は頼んだ。けれどもそれによって俺が苦しむのがわかっていてフツー縛るだろうか。縛らないっしょ。にもかかわらず縛ったということは、彼の根底に俺を憎む気持ち、ひどい目に遭わせてやりたいと思う心があったのではないか。くそう。なめやがって。殺してやる」という妄念を抱くようになって、進んでいやな役目を引き受けた人との関係を自ら壊し、そんなことだから周囲からも孤立して、その孤独感、心の渇きを癒やすために、さらなる濁酒地獄にはまりこんでいくのである。

という訳で、これにも一長一短があることがわかったので、断酒マンダラの一端にくわえつつ、さらに別の手段について考察していこう。

嫌酒薬は苦しみだけをもたらす

酒のやめ方。脳が肉体が酒を欲してやまぬ夜、これを具体的にどうやってとどめたらよいのか。意志が容易に敗北して、やめようと思っているのだけれどもやめられない場合、どのようにしたらやめることができるのか。

信仰。禁酒会。暴力。の順に考えてきたがいずれも不調であった。こんなときかのウンベルト・エーコならどうするのだろうか。ダレス国務長官ならなんと言うのか。いや、そんなガイジンばかりに頼っていてどうする。ここはやはり本居宣長ならなんと言うか、吉田松陰先生ならなんと仰るか。そういったことを考えないといつまで経っても攘夷は実行できない。そうだろ？　みんな。そうだろ？　天智天皇。

なんてことを言って錯乱を装い、飲みに行こうとする、といった姑息なことまで行うのが酒の虜となった肉体の恐ろしさであることを私はよく知っている。

そんな酒とはなにか。まあ、飲み物ではあるが、身体に作用し、影響を及ぼす薬物ということもできる。ならば、毒を以て毒を制す、別の薬物を以て酒を飲みたいという欲を抑えることができるのではないか。

そう考えて思い当たるのが、そう、嫌酒薬である。

どういうことかというと、この薬を飲んだからといって、急に脳が入れ替わって酒を飲みたくなくなるわけではなく、ちょっと飲んだだけで飲み過ぎて気分が悪くなったようにする薬である。

なんでだー、なんでそんなことができるんだー。と小児の如くに喚き散らす自分の声に自分で応えると、人生バランス論のところで申したとおり、物事はすべてバランスで成り立っており、いいことがあれば必ずその反対側に悪いことがある。

酒を飲み、いい気持ちになったらその反対側に悪酔い、二日酔いというものがある。これもでも均衡していて、ムチャクチャに飲んでムチャクチャにいい気持ちになったらムチャクチャな悪酔い、二日酔い、乃ち頭痛や嘔吐感、倦怠感、全身の不快感に苦しむことになる。けれどもそれほど飲まず、そんなに楽しくならなかったらそこまで苦しい思いはしない。ちょっと残ってるかなー、と思う程度で済む。

嫌酒薬はこのバランスを破壊する薬で、抜弁天で麦酒一杯くらいしか飲んでいないのに、大手町でワインを二壜飲んだ後、グラッパを十三杯飲み、その後、西荻に移動して泡盛のオンザロックを六杯飲んだ程度の悪酔いに即座に陥る。

こんな割に合わぬ話はないというのはその通りで、よい気持ちになるからこそ、楽しいからこそ、二日酔いになるのを知りながら酒を飲むのであり、だからこそ二日酔いにも耐えることができる。

ところが、まったく楽しい思いをせずに、ただ苦しいだけ、ってなんすか？　これは？　納得いかないいんですけど。

となるのである。

なぜこんなことができるかというと、それこそが薬の効きめである。まず、普通の状態から説明すると、例えば脳という父親がいる。この脳がキャバクラに行って借金を拵える。そのままでは家計が立ち行かなくなるので脳の長男である肝臓が必死でバイトをして借金を返す、というのが普通の状態で、息子の肝臓は苦しむが家長である脳は苦しまず、キャバクラに行き続けることができる。

ところが嫌酒薬を飲むと、肝臓が、「なんか急に嫌になった」と言ってバイトに行かなくなる。するとどうなるか。当然、本人である脳に法外な請求書が行く。脳は鹿十(しかと)しようとするのだけれども、取り立ては苛烈で、仕方なく脳は家具搬入、草むしり、腰カッターといったつらいバイトをする。だけれども請求額がきわめて大きいため、支払はいつまで経っても終わらず苦役はいつ終わるとも知れず、脳は、「あんな泡のような一瞬の快楽のためにこんな苦しい思いをするのだったらもう二度とキャバクラには行くまい。とてもじゃないが割に合わぬ」と思うようになるし、次にまた行ったら席に案内されて女の子が来る前に金を払えと言われ、払えないならこちらへどうぞと言われ付いていくと、店の奥にはなぜか水田が果てしなく広がっていて、その水田で百年間、炎天下に腰を屈めて田植えをし続ける、ということになる。

そうなると当然だが脳は、もう二度と、絶対に、どんなことがあってもキャバクラには行かない。だって辛いだけだもの。

と、たとえて言うと嫌酒薬はこういう作用を脳を含む身体に起こす。

いま私には聞こえる。声が。群衆の声が。群衆はこう言っている。

「それええがな」

と。

けれども私は嫌酒薬だけで酒をやめられるとは思わぬし、私自身、嫌酒薬を服用することがなかった。なぜか。

それは、嫌酒薬を服用する際、いったい誰の意志で、誰の命令に基づいて服用せられるか、という一点に尽きる。もちろんその実行部隊は手であり、指であり、口である。或いは咽であるのかも知れない。

　これらがみな一致協力し、嫌酒薬を飲むのだろう。けれどもその全員が会議を開き、嫌酒薬を飲むと決めたわけではなく、というかこのメンバーは事前に顔を合わせたことすらない。じゃあ誰が決めるのかというと、他ならぬ脳自身である。脳自身が、「こんなことやってたら肝臓が可哀想だから嫌酒薬を飲もう」と意志しない限りなにひとつ決まらない。

　そういう意味では身体は恐るべき全体主義国家であり、脳による独裁政権なのである。

　だから前に見たように、観念、精神は身体に勝てない。そしてその身体は脳によって支配される。つまり強い順に、身体の中の脳↓脳以外の身体の各器官↓観念、精神、という順になる。そしてもちろん観念、精神は脳が作り出す幻影のようなものなので、脳の匙加減でどうにでも捏ねくり出せる。だから信仰は禁酒において敗北したのである。

　となればなんで脳がわざわざ好き好んで田植えや腰カッターみたいな苦しいことをしなければならなくなる薬を飲むだろうか。

　飲まずに、「まあ、肝臓には悪いがここは予のいいようにさせて貰おう」となるに決まっている。酒をおいしく飲むために薬を飲まない、ということがいとも簡単にできてしまうのである。

　そしてさらに言うと、私が嫌酒薬という言葉を知ったのは、野坂昭如さん、中島らもさんの対談においてであるが、少なくとも、中島らもさんは嫌酒薬を積極的には服用してはおらなかったように思う。

これからも知れるように正常な酒飲みであれば、これを自ら服用することはなく、よって嫌酒薬は時には有効だろうが、多くは失敗し、せいぜい補助的な役割を果たすに過ぎないということができる。

しかし補助と言ってある言葉が頭に浮かぶ。それは、家族のきずな、という言葉である。そう、人間はひとりではなにもできない。所詮は孤独に耐えられない生き物なのである。だから家庭を作る。そして、家庭がだんだん鬱陶しくなってきて、その鬱陶しさから逃れるために酒を飲む。

と言うと、「結局、飲むんかいっ」ということになるが、しかし、家族が一定の歯止めというか、家族が居るのでそう無茶はできない、というのもまた事実である。

扨、そして私たちは誰かに肉体を緊縛してもらって酒をやめるのは無理だということは既に確認した。

しかしもう一度、考えてみよう。それが他人ではなく家族だったらどうだろうか。

まあ、そこに暴力の要素が介在する以上、家族でも無理かも知れない。けれども薬だったらどうだろうか。

口うるさく、何度も何度も執拗に、「薬を飲め」と言うことによって、「こんなにネチネチ言われるのであれば薬を飲んだ方がまし」というところまで相手を追い詰めることは、家族なら可能であろう。

これはあくまでも私見だが、特に女性はそうしたことに長けているように思う。私の知っている男は怠け者で、勤勉に働いて金を稼ぐ以外のことだったら大抵のことはする、法も少しくらいなら侵すかも知れない、自信ない。みたいな奴で、細君が正社員なのをよいことに好きなことにかまけて、フリーターに甘んじていた。なので将来の収入を見込んで金を借りて家を購入するなんてことは絶対に嫌だったのだが、自分たちの家がどうしても欲しい細君の、類い稀なるネチネチ攻撃に精神を病み、ついに長期ローンを組んで家を買うという、とても正気とは思えない振る舞いに及んだ。

これぞ、女性がこうしたことに長けているというよい例であろう。

という訳で、家族、特に妻に、「自分が嫌酒薬を欠かさず飲むよう、補助的な役割を果たしてくれないか」と頼むのは有効な手段と言えるのではないだろうか。

というのはそうなのだけれども、その前にひとつの問題が立ちはだかる。

というかこれは問題であると同時に禁酒のひとつの手段であり、また、きわめて重大な選択、決断であるとも言える。

なにか。それは、周囲に禁酒を宣言するか／しないか、という問題である。なぜこれが、禁酒の手段であると同時に、禁酒の行方を左右する重大な選択なのか、というと、周囲に宣言するということは、禁酒を公にするということで、つまりこれは公的な約束、つまり公約ということになるからである。

というとなにを大袈裟なことを言う、と思われるだろう。そして、そんなことは俺は最初から思っていたよ、と思われるだろう。だけど禁酒にとって実はこれはそんな簡単な問題ではない。

禁酒宣言で背水の陣だ！

世の中にはいろんな宣言がある。いまの人はよく知らないかも知れないが、自分なんかが子供の頃、学校で習ったのは昭和天皇の人間宣言ってやつで、前の戦（いくさ）の後、それまでは現人神・現御神ってことになっていた天皇が、いや、それは神話・伝説であって……、という意味の詔勅を出して、これが人間宣言と呼ばれた。

その人間宣言に先だっては米英支三カ国が発した共同宣言があった。世に言うポツダム宣言である。

作家の筒井康隆氏はかつて言論弾圧に抗議して断筆宣言をした。

同じく作家で長野県知事を務めた田中康夫氏は無駄な公共事業を削減するべく脱ダム宣言というのを出した。

いずれも、自分の考えや意見、今後の方針を広く社会に発表したものである。

というと、帝王や政治家、著名な作家でなければ宣言ができないように聞こえるが、そんなことはなく宣言は誰でもできる。宣言するための資格や条件は特になく、供託金・保証金といったものも必要ない。

なのでいまこの瞬間も多くの国民が様々な宣言をしている。

ダイエット宣言、明日から働く宣言、はたまた、明日、仕事辞める宣言、宅建取るぞ宣言、今年中に結婚する宣言、今年中に彼氏作る宣言、パチスロやめる宣言、マンション買う宣言……、と、そりゃあもうありとあらゆる宣言が世の中に発表されている。

そのなかには勿論、禁酒宣言、もあるに決まっている。

しかしこの禁酒宣言を聞いたことのある人は意外に少ないのではないだろうか。私自身、禁酒宣言を聞いたことが殆どない。

その理由は禁酒宣言を出す人が酒飲み・酒徒であるからだと思われる。というと、なにを当たり前のことを言っているのだ、と思われるかも知れないが、これは実に深刻な問題で、酒飲みにとって酒を飲むか飲まないか、或いは、飲めるか飲めないか、というのは人生を左右する、いわば死活問題で、どんな局面に於いても酒を飲むべく、さまざまに心を砕き算段する。

ところが一度、禁酒宣言をしてしまったら、算段もへったくれもなく酒が飲めない。ならば最初からそんな馬鹿な宣言はしない方がまし、とこう考えて酒飲み・酒徒は容易に禁酒宣言をしないのである。

しかし酒徒はときに、様々の、明快な、或いは不明快な理由で酒をよそうと強く思う。そうしたとき酒徒がどうするかというと、禁酒宣言より一段階下の、節酒宣言、を出す。けれどもこれは効果が薄く、ダイエット宣言と同じぐらいの重みしかない。なので宣言して暫くは効力を発するがやがて、宣言した当人、これを聞いた世間、いずれも忘却してしまい、すべては旧に復する。

ということは。そう、それだけ重みのある禁酒宣言なのだから、やはりした方がいいのではないか。背水の陣、もうこれ以上、後がない、言い訳のできないどころか、一歩も引けないところまで自分を追い詰めてこそ、人は能く大事を為し得るのでは。てなものである。

尤もな考えであるが結論から言うと、私はこれはやめておいた方がよいと思う。というのは、人間にはけっこう真面目な人と比較的不真面目な人があるが、そのどちらにとっても、よい結果をもたらさないと思われるからである。

どういうことか。まず不真面目な人について考えると、もちろん不真面目な人と雖も、その人が酒徒であれば酒を飲む／飲まないは人生の重大事で深刻に考えざるを得ず、僭人にとっても禁酒宣言は重いし、背水の陣であることは間違いがない。

しかし、一口に川と言ってもいろんな川があり、真面目な人の背後の川は滔滔たる大河であるが、不真面目な人の背後の川は、ほんの一またぎの小川であったり、甚だしきにいたっては、よく整備された都市公園の、「せせらぎ広場」的な場所の人工的な水の流れで、かたえでは三歳の幼児が楽しげに水遊びをしている、なんてものであることもある。

なので退いて水に浸かったからといって、命に別状があるわけでもなんでもなく、「でも背水には違いないでしょう」と言って口を尖らせている、みたいな人は不真面目な人で、こんな人にとって、宣言は大した意味を持たない。本人的には重みがあっても社会的な意味が皆無なのである。

ああ、一応、念のために言っておくと、不真面目な人、或いはふざけた奴、とおもしろい人というのはイコールではない。私の知る限り、それはむしろ逆で、おもしろい人はみな真面目、それもクソ真面目な人が多く、不真面目な人はおもしろくないだけではなく、周囲を不快にしたり、近隣に迷惑を及ぼしたりする人が多い。

というわけで不真面目な人にとって禁酒を宣言するのはあまり意味がなく、してもしなくても結果は同じである。

一方、真面目な人はどうか、というとこれはこれで深刻で、真面目な人は真面目なので、なにがあってもどんなことがあっても約束したことはこれを実行しなければならない、と思い込んで、それに向けて努力するのであり、例えば、「夕方までに土嚢(どのう)を千袋運べ」と言われたら、なんとかして運ぼうとする。

ところが土嚢は一袋の重さが七十キロもあり、これを千も運ぶのはどう考えても不可能である。だから言った方だって別に本当に千袋運ぶとは思っておらず、目標値は高めに設定しておいた方がよいが、実際のところはまあ百五十も行けばいい方なんじゃないのお？　と思っていた。

ところがいまも言うように真面目な人はこれを真に受けてしまい、なんとかして千の土嚢を運ぼうとする。けれどもそんなことが人力でできるわけがない。で、どうなるかというと、七百くらい運んだところで血反吐（ちへど）を吐いて死ぬ、みたいな不幸が起こる。もちろん、現実的にそこまで行くことは少なく、多くの場合、挫折して逃亡する。しかしこのことは真面目な人の心に重い負担としてのし掛かってくる。そこで真面目な人は、自らを防衛するべく行動に出る。どうするかというと、「自分は悪くない。土嚢を千も運べと言う奴が悪いのだ」という理論（実際、そうなのだが）を打ち立て、「土嚢を千も運べと言う方が間違っている。断固、抗議する」と食ってかかり、ひとり革命運動を展開して、「わかった。じゃあ、帰っていいよ。そして明日から来なくていいよ」と言われる。

或いはもう理論もなにもない、鼻血を噴出させながら、デスメタルをアカペラで歌うなどして暴れて、周囲の人に、「あいつ、やばいよね」と言われて孤立する、みたいなことになる。

　だからそんなことにならないためにも、適度に力を抜いて百二十くらい運んで、「いやー、百で限界っすよ」「だよなー。俺もそう思うよ」「だったら最初から千とか言わないでくださいよ」「だよなー。くわつはつはつはつはつ」「くわつはつはつはつはつ」みたいなことにしておけばよいのだが、真面目な人にはそれができない。

　そしてこれを禁酒宣言に当てはめると事態はよりいっそう深刻なものとなる。

というのは、だってそうだろう、土嚢を運べと言ったのは赤の他人であり、自ら宣言したわけではないが、禁酒をすると宣言したのは他ならぬ自分であり、真面目な人にとってこれは途轍もない重圧となる。

　そして何度も言って申し訳ないが、酒飲みが意志の力で完全に酒をやめるのは重い土嚢を千袋運ぶより辛いことと、苦しいことで、もちろん挫折する。そして不真面目でテキトーな人だったら、「いやー、やっぱ飲んじゃいますよね。僕もう明日からわらじ履きで出社しますよ。主食は土嚢って感じで」みたいないい加減なことを言って済ますところ、真面目な人はそうはいかず、自分の意志の弱さを自分で責め、その責めに耐えられず、結局は酒に逃げ、そうして飲んでいる自分をまた責め、さらに酒を飲むという地獄のスパイラルに陥っていく。そうして大酔した挙げ句、身近な人に、「こんな俺を軽蔑しているのだろう。内心で嗤っているのだろう」と言いがかりをつけ、「そんなことありません」と否定しても聞かず暴力をふるったり、岩の下敷きになった人や岩のりを採集する人の形態模写をするなどして迷惑を撒き散らす。

或いは、挫折にすら至らず、酒をやめると宣言した以上、酒をやめなければならない、と思った瞬間、プレッシャーに押し潰されて酒を飲み始めるのかも知れない。

そうなるともうこれは真面目なのではなくてふざけているのではないか、と思ってしまうが、極度に真面目な人はそれほどに真面目なのである。

という訳で真面目であろうと不真面目であろうと、禁酒宣言することはよい結果を生まないということがわかった。

また、それだけではなく禁酒宣言は当人に非常な不利益をもたらすことが最新の研究でわかってきた。というのは仮に頑張って、死ぬほどの痛みと苦しみを感じ、血の涙を流して、あらゆる業苦と果てしのない劫罰に耐える思いで、一週間、酒をやめたとする。このとき周囲の人にポツリと、「一週間、酒を飲んでないんだよ」と洩らしてみる。

このときの周囲の反応が、宣言をしているか、していないかで大きく異なるのである。

禁酒宣言をしていない場合、周囲は、「ほう、あなたのような大酒飲みが一週間も飲まないなんて凄いですな」と言うなど概ね好意的で称賛されることすらあるのに比して、宣言をしている場合だと、「まだ、一週間ですか。先は長いですな」と言うなど、否定的とまでは言えないにしても、当然のことと認識されるだけで、好意的な印象を持つ、ということは殆どない。

そしてそれだけならまだしも八日目に酒を飲んだときの評価はさらに極端で、宣言をしていない場合、今度はそれが（飲むのが）当然のこととして受け入れられるのに比して、宣言をしてしまった場合、「ああああっ、飲んでるううっ。やめるって言ったのに」と非難がましい口調で言われ、「こいつは本当に昔から口先だけの奴でね」など言われて人格的評価がだだ下がりに下がり、やがてそれが広まって、意志薄弱で重要な仕事は任せられないクズ人間、という評判が定着するのである。

このような結果を見れば宣言をするかしないかどちらがよいかは明白であろう。他にいくらでも陣を敷く場所があるのになにもわざわざ不利な場所に陣を敷く必要はまったくないのである。

ではどこに陣を敷けばよいのか。

改造された人間になるか？　人間を改造するか？

酒を飲みたい、どんなことをしても酒を飲みたい、という欲求、身体の暴れをどうやって統御するか。

意志は無力。正気は酒の前で狂気と断ぜられ、数量的に明らかになった酒の害は無視される。禁酒会には煩わしい人間関係がつきまとい、医療機関を訪れるのも処方された薬を服用するのにも家族の協力は不可欠だが、宣言すると失敗するので、家族に禁酒を知らせるのが躊躇せられ、それも期待できない。

じゃあどうすればよいのか。

というか、私はどうやって酒をやめたのか。そのことについて話す必要がある。けれども私はそれを話すのに躊躇を感じる。なぜならそれを話せば多くの人が、「こいつは頭がおかしいのではないか」と思うことが予測されるからだ。

違う。私の頭はおかしくない。きわめて普通だ。ノーマル・正常、普通すぎておもしろ味がなさ過ぎるくらいだ。

ただ、私がこれから言おうとすることが、ある種の人にとってはきわめて突飛に聞こえるかも知れない、それだけのことだ。けれども言わなければ話が前へ進まないので言うと、まず私がしたいのは本郷猛の話である。

皆さんは本郷猛を御存知だろうか。御存知ない方も或いはおらっしゃるかも知れない。しかしそんな方でも仮面ライダーなら御存知だろう。仮面ライダーも御存知ない方もおらっしゃるかも知れない。そんな方はGoogle検索をしていただければと思う。しかし、パソコンもスマホも持っておられないという方がおらっしゃるかも知れない。そういう方は身近の年輩の方に聞いてみれば大抵知っているはずである。しかし、日本語がわからない、という方がおらっしゃるかも知れない。そういう方はどうしたらいいのだろうか。私にもわからない。そういう方は私のような個人ではなく、行政機関を訪ねていろいろ相談したらいいんじゃないだろうか。

ということで本郷猛に戻るが、本郷猛という人は実に気の毒な人で、初めは普通に生きていたのだが、ショッカーという秘密結社に捕まって、人間にバッタの要素を加えた改造人間にされてしまう。秘密結社がなぜそんなことをしたかというと人間社会を破壊してしまうためなのだが、そのことによって人生をムチャクチャにされた本郷はこれを恨みに思い、「誰がおまえらの言う通りにするか。おまえらにバッタの気持ちがわかってたまるか」と言って、人間社会をまるで破壊せず、裏町に住んで自暴自棄の日々を送る。

とまあそんな話だったと記憶する。もしかしたら一部に記憶違いがあるかも知れないが、とにかく本郷猛がショッカーの手で改造人間になったことだけは間違いがない。

私が着目するのはまさにそこで、改造人間、というのは酒をやめようとする人間にとってきわめて示唆的なwordである。

どういうことかというとバッタは酒を飲まない。なのでバッタの要素を取り入れた改造人間になった本郷猛はおそらく酒を飲まなかった。劇中、本郷猛が酒を飲んでいるシーンはなかったように思う。

ならば。自分自身も改造人間になれば酒を飲まない、飲みたくなくなるのではないか。具体的に言うと、いかにもショッカーがいそうな、川崎の重化学工業地帯に行き、人気（ひとけ）のない、道路のフェンス際にススキが茂っているようなところを、黒革のライダース・ジャケットを着用し、首に人絹のマフラーを巻いてまるで有能な人間、みたいな感じで歩きつつ、「こんなところを歩いていたら俺は身体能力に優れているからショッカーに捕まって改造人間にされてしまうなあ、いやだなあ」と言う。

そうすると脇でこれを聞いていたショッカーが、「おお、飛んで火に入る夏の虫とはこのことだ」とよろこんで、あなたを捕まえ改造人間にする。

そうするとそこにはもうバッタの要素が入ってしまっているから、それ以降は酒を飲まないで済む、とまあ、こういった寸法である。

というのが荒唐無稽な考えであることをもちろん私はわかっている。そもそも「仮面ライダー」はフィクションであり、川崎の重化学工業地帯は現実の世界であり、現実の世界にショッカーは現れない。

というかもっというと、そんなおそろしい、自分が自分でなくなり、半分バッタになったような改造人間になるのは嫌だ。ありのままの自分でいたい。ありのままに酒を飲み、ありのままに泥酔し、抑制の箍（たが）を外して上司を殴りたい。人妻に抱きつきたい。よろけて倒れ、骨折したい。ゲロと小便にまみれて眠りこけたい。飲み過ぎて意識を失い救急搬送されたい。そして、そんなありのままの自分を愛してほしい。バッタの自分ではなく！　と願うのが人情であろう。

けれども。そう、通常の自己意識を保ったまま、意志の力で酒をやめるのは困難、というよりほぼ不可能であるのはこれまでみてきた通りである。ならば、それほどに激しく、つまり、バッタになるくらいに、自分を改造する、ということをしないと酒はやめられぬ、ということで、それを知って欲しくて私は本郷猛の話を持ち出したのである。

とは言うものの。本郷猛とて自らの手で自らを、改造、した訳ではなく、これを改造したのはショッカーの方々である。本郷猛の改造は専ら外科手術によってなされたが、その際は当たり前の話だが全身麻酔をかける。そうしないと痛くてたまらないから。麻酔で眠った状態で自分で手術できる人はそういない。

これは意識を保ったまま酒をやめるのは困難という事情と酷似している。私たちはここを突破しなければ前へ進めない。さあどうするか。

これに対して私が用いた技法は一種の逆転技法である。というと、「はははは。くだらん。それっていわゆる逆転の発想、コロンブスの卵、って奴でしょ。死ねば自然と酒をやめられる的な」と早合点する周章者が出てくるがそうではなく、私の言っている逆転の技法はそういったものでは勿論ない。

じゃあどういうことか。改造人間。人間改造。この違いを知ってほしいのである。つまり、改造人間というのは、改造された人間、という意味で、どこまでいっても受け身である。自分ではできない。ところが人間改造というと、これは、人間を改造する、という意味でつまり人間が目的語になっており、能動的な意志を感じる語となるのである。

言葉の順序をひとつ入れ替えるだけで、これほどに意味が違ってくる。ただ唯々諾々と改造され、本当は嫌だった、とか言って拗ねて裏町で愚痴ばかり言っている男と、自らの意志で失敗を怖れずなんでも積極的にトライしていく男。あなたが女だったらどっちの男と結婚したいだろうか。多くの方は後者を選ぶのではないだろうか。

そういう意味での逆転技法なのである。

でも虚無的退嬰的な考え方をする人は常に一定数おり、「そんなものは観念の遊戯に過ぎぬ。だってそうぢゃないか。逆転かなんか知らんが、そんなことをしたからといって自分で自分に外科手術を施すことはできんでしょう。違いますか」と口を曲げて言う。

黙らっしゃい。

誰が外科手術をすると言いましたか。それはものの喩えに過ぎず、要は改造人間になるのではなく、人間改造する人間になる。その意志がまずなによりも重要だということを示したに過ぎない。

けれども、人間が自分を改造することは何度も言うようにできない。この大問題を乗り越えない限り私たちは先へ進めない。さあ、どうするか。人間改造を人間はどうやったらできるのか。

ここで私たちは次の段階に入る。つまり、改造ができないのであれば、改める、というニュアンスだけを残して別のなにかを見つけることはできないか、例えば、改造ということが難しいのであれば改良みたいなことではどうだろうか。つまり一気にすべてを作り替えるのではなく、気が付いたらその都度、基本的なシステムは残しつつ、少しずつ良くしていく。酒を飲んで暴れる。酒を飲んで健康を害する。酒を飲んで仕事の効率を下げる。こうしたことを改めるため、サプリメントを服用したり、大事な仕事の前は酒を控える、といったことをする。そして段々、酒の量を減らしていく、最後の方は飲むのか飲まないのか、乾杯のときのグラスの酒を半分残したまま、珈琲を飲む、みたいな人間になる、これすなわち人間改良である。

というのはよいのかも知れないが、これは禁酒ではなく節酒である。私たちはあくまでも禁酒を目指しているのであって、節酒を目指しているのではない。なのでこれは却下。

じゃあ改正というのはどうだろうか。人間改正。というと、なにか憲法みたいな感じがするが、人間は法ではない。一個の人格であり、生理である。スピリットであり肉体である。このなかには正も邪も等しく埋まっていて、なにが正でなにが邪ということはない。改正にしろ改悪にしろ、一方を断罪して滅ぼせば命もまた滅びる。それは私の本意ではない。ってなにを言ってるのかわからなくなるが、つまり人間は正しくも悪くもならない。ただ酒を飲むか、飲まないか、それだけの話だということである。

「お酒を飲んではいけません」「飲酒は悪徳」といったお題目を百万遍唱えたって酒はやめられない。正邪善悪を語っているうちは自分自身を改め酒をやめるという困難を乗り越えることは到底できないのである。

という意味で改革、人間改革というのも駄目だろう。あ、これは余談だが、政治家の諸君へ私から助言がある。改革という言葉を用いる際は間に、の、という格助詞を入れた方が歴史的な感じがしていいわよ。行政改革、というよりは、行政の改革、とした方が重みがある。その理由は長くなるから割愛するが、それよりも大事なことが勿論ある。

私たちは改める改め方をさらに考える。そのことによって考えを改め認識を深め、酒をやめなければならない。

人間改造ができないなら、人格改造、いや認識改造で

人間改造。この四文字をもう一度とくと眺めてみる。そうするとこの人間改造という言葉は二つの言葉でできているということがわかってくる。それは人間と改造である。そうだからこそ私たちは逆転技法を用いることができた。

太宰治は、小説『人間失格』の終わりの方で、人間、失格。と書いたが、人間失格と失格人間ではよほど意味が違ってくることからも逆転技法が画期的な技法であることが知れる。

しかし私たちはそこからさらに先へ進まなければならない。そうしないと酒はやめられない。さあどうするか。

と言うとそう、勘の鋭い方はもうお気づきであろう、モハモハモハモハ、そう先に私たちは改造の部分に着目したが、それが叶わぬのであれば、その上の、人間、の部分の人のニュアンスだけを残して別のものに置き換えれば或いは改造できるのではないか、というやり方である。

というのをでもいきなり本番に行くのはつらいので、人間失格。で練習してみよう。太宰治は、人間失格＝癈人、であると書いた。やはり廃人はつらくて耐えられない。だからこれを、人間、失格、と二つの部分に分け、人間の部分を、全体としては人間失格という趣旨を損なわないように留意しつつ、かつ人というニュアンスを残して、別のなにかに置き換えることによって、そのつらさを和らげる、耐えられるものにするのである。

そしてやってみるとこれがなかなか容易でないことが知れるであろう。

例えば、人民失格。とやってみる。そうすると、おまえは人民である資格がない、ということになり、人間失格のつらさはかなり緩和されるが、革命政権下で知識人や富裕層が糾弾されてる、みたいな感じがつきまとい、なにかこう他人事というか、自分とはあまり関係がないことのように思われ、太宰が書こうとした意図がまったく表されないという憾みが生じる。

じゃあというので、人物失格、人権失格、人参失格、人称失格、といろいろやっているうちにわかってくるのは、失格という、権利の喪失を意味する言葉はあくまでも個人に関係する語であり、したがってその上につく、人を戴く語も、個人に属する、または個人に関係する語でないと据わりが悪いというか、太宰治の意を汲むことはできない、ということである。

だったらなにがいいのか。なにが正解なのか。バカ野郎、そんなことはどうでもよい。私たちがやりたいのはあくまでも禁酒であって太宰の意図を汲むことではないし、さらに言うと文学ですらない。

私たちが克服すべきは飲酒癖という現実の問題なのである。そこで、本来の課題はというと、人間改造の、人間の部分を如何に変えるかということであるが、結論から言おう、私はそれは、人格改造、ということでよいのではないかと思う。

人間と言った場合、それは人間の意識も身体もすべてを含んだ全体を指す。だからこれを改造するためには他人の手が必要になる。しかし人格と言った場合はどうだろうか。

そう、人格はその人の人柄、人間性、性格といった、精神的な部分を指し、一般に身体を含まない。

ということはどういうことになりましょうか？　そう。これを改造するに当たっては外科的な処置が必要なく、それがゆえに人はその意志と力で人格を改造することを得る、ということである。

もっと言うと人格は自分でしか改造できないと私なんかは思う。もちろん愛する人の死や手ひどい裏切りによって人が変わってしまった、というようなことはなくはない。

けれどもそれは結果的にそうなったというだけで主体的な意志の力はどこにも働いておら

ない。

宮は貫一を金貸しの手代にしようとして富山に嫁いだのではない。ただ偶然そうなってしまっただけだ。交通事故で頭を打ち、それから性格が変わってしまった。そんな人だって性格を変えようと思って自ら車にぶつかっていったのではない。

かつうはまた、そうした性格の変化は多くの場合、positive な変化ではなく negative な変化である場合が多い。

それは私たちが目指す人格改造ではない。そしていま私には聞こえる。君たちの叫び聲が聞こえる。君たちはこんな風に叫んでいる。

「いつまでも前提の話をグダグダ話していないでさっさと酒のやめ方を教えろや、クソ野郎」と。

ほほほ。短気なことだ。なんでそんなに早く知りたいの？　早く知って早く飲みに行きたいのではないのかね。「ああ、もうおっそいなあ」と銀行で駅でスーパーマーケットの帳場で苛苛するとき、あなたはいまやっていることを早く終わらせてなにをしようとしているのか。そのように人生を考えること。それが人格改造なのさ。

と、高僧が来て言ったらとりあえず殴る。高僧が鼻血を噴出させて倒れる。でもいいじゃん。悟り開いてるんだから、無眼耳鼻舌身意、痛くねんじゃね？　と言って助け起こすことすらせず、唾を吐きかけて立ち去る。そんな人格もできれば改造したいところである。

しかし、いま高僧の話をしたがそのとき高僧は内心でどう思っているだろうか。無苦集滅道。とか言って、ぼーっとしているかというとそんなことはなく、やはり内心では腹を立てているだろうし屈辱だと思っているに違いないし、もしかしたら損害賠償請求をしようと思っているかも知れない。

ということは、たとえそれが高徳の僧であっても、実際の行動はともかくとして思いの働きのなかまで変える、改造するというのは難しいということで、果たして高徳の僧にできないことが一般の、小田原に行って入った食堂でせっかく小田原に来たのだからと、「小田原定食」というのを頼み、お菜が蒲鉾や薩摩揚ばかりなのを見て、「失敗したー。海鮮丼にしといたらよかったあああああっ」と泣き叫んでいるような人間にできるだろうか。

できる訳がない。

だったらどうすればよいのか。いっそ故意に自動車にでもぶつかっていって頭を打ち、それで人格を変えてしまうしかないのだろうか。いやさ、そんなことをして、うまく頭を打てればよいが間違えて腹を打ったりしたら痛いし、もっと間違えて手や足がもげたら非常に不便だし、それよりなにより相手の方にご迷惑をお掛けするので、そんなことは絶対にしてはならない。

じゃあどうすればよいのか。もう方法はないのか。私たちは酒をやめられないのか。生涯を叫喚の濁酒地獄で過ごすしかないのか。人間、失格。なのか。いやさそんなことはない。現に私はそこから脱却した。私が証明なの。そしてそのとき私は人格を改造して高僧も至らぬ悟りの境地、阿耨多羅三藐三菩提（あのくたらさんみゃくさんぼだい）みたいなことになったのかというと、そんなことはなく、神宮に参拝して「どうか女に持てますように」と祈るなどしている。

　にもかかわらず私は酒をよした。

そのときに用いたのは、人格を認識に改める、という技法であった。どういうことか。詳しく説明しよう。

右に言ったように、人格改造はできなくはないがきわめて難しく、ほぼ悟りの領域である。しかし私たちは最終解脱を目指しているわけではなく、ただ酒をやめたいだけである。ならばなにもそんなしんどいことをする必要はない。町内の、のど自慢大会の伴奏にエリック・クラプトンを呼んでくる必要はないし、近所のうどん屋の税務申告にスーパーコンピュータは不要であるのと同じく、酒をやめるために人格まで改造する必要はなく、認識改造で十分なのである。

　さあそこで認識とはなにか。認識を改造するとはどういうことか。ということだが、ここで私は厳密な議論をするつもりはない。私が改造した認識とは、私が三次元としてとらまえているこの世界のごく一部に過ぎない。

それは自己についての認識である。自己とはなにか。まあ、簡単に言うと自分というもので、だから自己についての認識を改造するということは、自分をどうとらえるか、自分をこの世界のなかでどのように位置づけるか、という問題なのであるが、いずれにしてもこれは不正確である。

なんとなれば、この世界というものを認識しているのもまた自分であり、その自分が認識した世界に自分を位置づけるのだから、そこには二重三重の、いやさ、五重六重の歪みが生じるからである。

というとややこしいことを語っているように聞こえるが、これも簡単な話で、自分で自分の顔を見ることができないのと同じように人間は自分を客観的に見ることができない、ということ、もっと言うと、人間には、自惚れ、というものがあって、人のことならある程度は冷静に見ることができるが、いざ自分のこととなると熱くなってしまって判断を誤ることが多い、ということである。

経済評論家が株式投資で大損する。教育者や宗教家の醜聞が発覚する。うどん屋の大将の大好物がパスタ料理、なんてのはみなこのせいである。

「私はきわめて穏やかな人間で、暴力なんていうのは見るのも嫌です」と言っている人間が高僧をどつき回す。

以前、道を歩いていてデモに出くわした。いわゆるサウンドデモというやつで、山車にスピーカーをくくりつけ、鉦や太鼓を鳴らしながら町を練り歩いていた。そしてその主張は？というと、至るところに「戦争反対」「No War」といった掲示があることから反戦デモと知れた。そして一際大きく立派な看板が山車のもっとも目立つところに掲げてあった。その看板にはたった一言、「殺すな！」と書いてあった。

蓋しシンプルな主張である。

このデモのぐるりを警察官が取り巻いていた。見たところ警察官はデモの邪魔をしている訳ではなく、交通規制をしているだけであったが、ひとりの興奮した男が警察官に向かって喝叫して曰く。

「てめぇ、ぶっ殺すぞ」云々。

認識改造の第一歩は自惚れからの脱却

このように人間には自惚れという精神の働きがあるため自己認識はきわめてアヤフヤである。

となるとその改造すべき認識が曖昧なのだから改造しようがないのではないか、という意見が狸穴（まみあな）や溜池山王（ためいけさんのう）からもチラホラ聞こえてくるのかも知れないが、安心するがよい。そは幻聴なるぞよ。という声が富士の洞穴に満ちている。

というとそっちの方がより幻聴っぽいが本当のことだから仕方がない。嘘だと思ったらいまから電車やバスを乗り継いで青木ヶ原にでも行き、洞穴・風穴に入って確かめてみ。満ちてるから。あ、ひとつだけ言っとくけど、その声は清い魂の持ち主にしか聞こえない。邪な魂の持ち主には聞こえない。

と言うと聞こえなかった多くの人が、

「俺の魂は清い。しかし聞こえなかった。どうしてくれる」

と言ってねじ込んでくるだろう。ほらね。だから言っててんじゃん。その自己認識が間違ってるんだよ、って。だからやはり洞穴に聖なる声は満ちており、その声は言っている。

そは幻聴なり、と。

そしてその、そ、とは各所から響いてくるという、改造すべき自己認識がいまも見たようにアヤフヤで間違っているから改造しようがないという声、のことであり、つまり聖なる洞穴の声がなにを言っているかというと、事実は逆、すなわちアヤフヤのところが多いからこそ改造しやすい、ということを言っているに他ならない。

どういうことかというと、つまりもう隅から隅まで確定されていて、正しく認識されていれば、これを改造するのに大変な努力を要する。

ガンジーとかそんなレベルで非暴力主義な人が、俺は実は暴力主義かも知れない、と自己認識を改造するためにはきわめて複雑で精緻なプロセスを辿る必要があるのに比して、平和主義を唱えるデモの先頭に立ち、思わず知らず、「殺すぞっ、こらあっ」と叫んでしまった人は、ほんのひとまたぎで、「俺って実は暴力肯定論者なのかも」と自己認識を改めることができるのである。

つまり不確定であるがゆえに、その全体のほんの一部を、かるーく認識してみるだけで、ふわっとした漠然とした思い込みしかなかった分、実に鮮やかな自己認識の改造を為した、ということに、これなってしまうのである。

　といっていま私は、なってしまう、とつい言ったが、これはまさにそうで、多くは辛い選択になる。

　漠然と自分はいい人間だ、と思って生きていた。けれどもよくよく認識してみるとどうだろうか。

　理不尽な目にあって苦しむ人々を取りあげたドキュメンタリー番組を見て心から同情して涙を流した。ということは。そう自己認識では、温かい心を持ったよい人間、ということになる。けれどもその後、自分はどうしただろうか。その人たちのところへ行き、手を取って励ましただろうか。話を聞いて差し上げただろうか。

　もちろん仕事もあるしそれは無理だ。急に来られたって向こうも迷惑だろうし。じゃあ、その人たちのために自分の収入のなかからいくらかを割いて喜捨させていただいただろうか。いやそれはしなかった。っていうのはまあ自分だって楽な暮らしをしているわけではない。資産があってカネがカネを稼ぐ、みたいな生活をしているわけではない。骨身を削って労働してそれでやっと生きている。ローンもある。将来に備えて保険などにも入らなければならない。余裕なんてはっきり言ってない。もちろん貧者の一灯というか、まあでも、できる範囲でできる限りのことはさせていただく用意はある。だから番組の最後に振込先とかが出てくれば振り込もうと心に決めていた。ところが出てこなかった。だから振り込まなかった。いや、振り込めなかった。

これははっきり言って番組制作者の落度である。っていうかなんだかんだ言ってしょせんは広告で成り立っているテレビ番組。多くは期待できない。だからなんていうのかな。「こんなさあ、社会はさあ、間違ってるんだよ。ふざけるなっ」と居間で毒づき、その直後、赤霧島のお湯割りを飲んで今季のストーブリーグについて思いを馳せる。新作の構想を練る。自撮りをしてアップロードする。

なんていうのはよくあることで、これが特に悪い人という訳ではないが、いい人でもない。普通の人である。

けれども、最初この人は自分を、いい人、と自己認識していた。これをこの一事によって正確に測定すると、認識が、普通の人、に改まる。これは既にして立派な認識改造であるが、これが辛い選択というのはここで、いい人↓普通の人、という格下げが行われているからで、これが難しいといえば難しいのである。

つまり自己認識はそれが専らアヤフヤであるがゆえに常に高めになされている。それもかなり高めに。なので測定すると自己認識は常に下方修正される。これが辛いのである。けれども人格改造の辛さに比べれば、まったくとるに足らぬ苦しみで、人格改造は斧で手足を、人によっては頭部を切断されるが如き痛みを伴うが、認識改造はせいぜい痒みを伴う程度で、それによって酒がやめられるならこんな楽なことはない。

さあ、それではもっと具体的に認識改造のやり方を説明していこう。ここから以降は人によっては多少、反発を感じる部分もあるかも知れないが、どうか痛み・痒みを乗り越えていただきたい。

そのために自らの位置を正確に知ることが必要となってくるが、申し上げたように人間の精神は自我という牢獄に閉じ込められているのでこれは不可能である。しかし大体の感じ、相場観を身につけるのはそんなに難しいことではなく、日々の生活のなかで具体例を通じて知らず知らずのうちに、その感覚を養うことができる。

そのための具体例をひとつあげよう。

卿等は渋滞を御存知であろう。交通が集中して容易に前に進めなくなった現象を言う。私はときおりこの渋滞に巻き込まれることがあるが、その際、ある興味深い現象がかなりの確率で発生することに気が付いた。

細かい交通の実際はくだくだしくなるので省くが、とにかく、走行していて渋滞にぶつかったとする。暫くの間、ノロノロ運転が続く。それが長く続くこともあれば、そんなに長くないこともあるが、我慢しているとやがて渋滞が解消して通常の速度で走行できるようになる。

おもしろい現象はこの後に起こる。どういうことかというと、いま私は、「通常の速度で」と書いたが渋滞を抜けた車の多くが、渋滞を抜けた途端、アクセルペダルを深く踏み込み、通常の速度を遥かに超える速度でぶっ飛んでいくのであり、その様はまるで、「ひどい目に遭ったー」と絶叫しているようである。

犬は飼い主の命令その他で不本意な状態が長く続いた後、ようやっと解放されると廊下などをもの凄い速度で行ったり来たりすることがあるが、それにも酷似している。

いったいなんでこんなことが起こるのかというと、それは長いことじっとさせられていた犬が解放されて犬っ走りをするのとまったく同じで正しく、「ひどい目に遭った」心理的な負担を解消するためである。

ではなぜそうするのかというと、自分は通常の速度で走る権利があるのだが渋滞によって不当にそれを奪われた。そこでその権利を回復するために通常以上の速度で走った、という論理によってそうするのである。

るふーん。と思う。当然だと思う。不当に奪われた権利はこれを回復する権利がある、という訳だ。

しかしここで、私たちは一度、速度を緩め、サービスエリアに入ってゆっくりと考えてみよう。なにについて？　そう、「私たちには本当に速く走る権利があるのだろうか」という点についてである。

最初に結論を言ってしまえばそんなものはない。なぜなら私たちの社会は一定の合意によって成り立っているからで、車に乗って渋滞に巻き込まれたことを不当と訴えたところで法的にも道徳的にも勝ち目はない。常識的に考えて現状で交通渋滞が起きるのは仕方がないことだ、とみんなが心のなかで思っている。

けれども渋滞は腹が立つ。私だってそうだ。なんでこんなくだらないことで時間を浪費しなければならないのか、と心の底から思う。苛苛する。喚き散らしたくなる。そのうち小便がしたくなって、したくてしたくてたまらなくなって、どうしようもなくなって、でも路肩で立ち小便などという野蛮な行為にも及べず、哀しみと絶望のなかで神の名を呼ぶ。そして神を見たときには……。もう洩らしている。

とそんなとき私たちは渋滞を不当だと思う。

けれども渋滞を免れる人、一生渋滞に遭わない人とはどんな人だろうか。国内に於いては内閣総理大臣とかそういう人は渋滞に遭わないのかも知れない。或いは懸けまくも畏き天皇陛下も渋滞に遭わないだろう。後は主要国の首脳も遭わない。

また民間人でもどこにいくのもヘリコプターを使うような人は渋滞に遭わないで済む。

それら以外の人はみんな渋滞に遭っている。

さて、ここで自らに問うてみよう。自分の社会的な地位はこれらの人よりも上であろうか下であろうか。辛いことだが下である。このことを認識するのがいわゆる「相場観を養う」ことであり、認識改造の第一歩である。

しかしこれは辛いことなのでなお承服しがたいと言う人が出てくるのはわかる。

おそらくそうした方はこのように仰るのではないか。曰く、

「社会的な地位と個人の尊厳、自恃自尊の心は別なのではないか」

「そのことと禁酒に一体なんの関係があるというの」

人間は「自分」のことをまともに判断ができない

もちろん個人の尊厳は社会的地位や身分の上下で保たれるものではない。ではどうやって保たれるのか。

なんの理由もなく連れさられ、身体の自由を奪われて、奴隷のように働かされる。暴行される。そして殺される。なんていうのは著しく人権を侵された状態だが、そうしたことのないように法があり、そして選挙で選ばれた政府が法に基づいて国を統治している。つまり法によって守られている。

いま言っているのは、尊厳、ということだからそうしたことではなく、もうちょっと常識に近いようなことなのだが、それはなににによって保たれるのかというと、いま常識といったが、言い換えれば相場観によって保たれるのであり、つまりは人間が人間のことをどう考えているか、ということによって保たれている。

というのは大多数の人が、「個人の尊厳というものがあるのだからこれを尊重しなければならない」と考えて初めて保たれる。逆に大多数の人が、「貧乏人などというものは虫ケラと同じだから目の前で死んでもなんとも思わない」とか「金持はみんな極悪人だからぶち殺して金を奪ってもかまわない」とか「権力者に媚びへつらったら権益をゲットできるから媚びへつらう。それでたまった鬱憤は弱者をどつきまわして晴らせばよい」などと考えれば保たれない。

それについて人は概ね正しい判断を下すことができる。ある人がある人の尊厳を蔑ろにしていたら、「やめろよー」と言うくらいのことはできる。つまり一定程度の相場観が予めインプットされている。

ところがそこに問題がひとつあるのはこれまでさんざん言ってきたように、そこに「自分」が絡むと忽ち相場観が狂う。正確な情報を得て情勢を見極め的確な指針を示すことができていた人が、審議会や委員会に「自分」が呼ばれなかった、ただそれだけのことで逆上して頭がおかしいとしか思えないようなことを口走り出すのも「自分」が絡むからである。

この偉い俺を呼ばないなんて、あいつらは頭が狂っているに違いない、とそれしか考えられなくなり、実は自分が狂っていることに気がつかない。そしてそのことを指摘されても狂っているからわからず逆に、「君はなにを狂ったことを言ってるんだあっ。病院に行ったらどうだ」と激昂する。エコノミストが株で大損する。批評家が小説を書いて笑い物になる。

小説家が人前で歌を披露して笑い物になる。

　さほどに人間は自分から逃れられない。いつまで経っても世の中から殺し合いがなくならない理由は此処にある。「一般論としては理解できるが、自分のこととなると話は別」ってやつである。

　そこで人間が駄目なのなら神様に制御して貰おうってことになるのは自然な流れである。例えば音楽だったら、「音楽の神」にすべてを委ねる。たとえそいつと個人的にソリが合わなくても「音楽の神」が彼とプレイしろというのなら我慢して演奏する、みたいなことだが、多くのバンドが人間関係のトラブルで解散し、また訴訟沙汰になっていることから、音楽の神のやる気のなさが伝わってくる。

　なぜそうなるのかというと音楽家は確かに演奏している間は音楽の神のしもべだが、それ以外の楽屋で寛いでいるときやスーパーマーケットで買い物をしているとき、ＡＴＭの列に並んでいるときは音楽の神の支配から解き放たれているからで、これらすべてを統御するためにはユダヤ教的な唯一神を信じなければならなくなってくるが、民族や人種を問わずこれをド正面から信仰し生活に於いて実践するのは人格改造に匹敵するくらいに難しい話で、それだったら多神の世界の方が楽だし現実的だよねー、ってことにどうしてもなってしまう。

　またこれが利害損得の話だと数字で割り切って考えることもできるのだけれども、尊厳となると必ずしも数字だけの問題でもなくて、時給千二百円の嫌な奴ばかりの職場よりも、いい奴ばかりで時給八百円の職場のほうがよい、ということもフツーにあるからややこしい。
しかしいずれにしてもいまここで問題視しているのはそういった周辺の問題ではなく、自分が自分をどのように捉えるか、「この偉い俺」と考えるのか「このなにも知らない私」と考えるのかによって世界の見え方が随分と違ってくる、乃ち、自己認識改造をすることによって酒をやめようと申し上げているのである。
といってもなにを言っているかよくわからないだろうから、先ほどの渋滞と速度超過の形式に飲酒者の心理を落とし込んで考えると以下のようになる。

自分は幸福である権利を有している。ところが今朝方から夕方にかけて不当にこれを奪われた。ひどい目に遭った。そこで自分は夕方以降、そもそも有していた幸福を感じる権利を行使することができるはずである。

扨、ここで問題となるのは、一、そもそも幸福である権利があるのか。二、それは不当に奪われたのか。三、幸福の権利の行使とはなにか。の三点だが、一については、もちろん幸福かどうかはそれぞれの主観の問題だから二重三重に複雑な問題なので後で詳しくみるとして、いまは、「とりあえず朝から夕まで不本意な状態にあった」ということにして、三は、この場合、明白で酒を飲む、ということだろう。そこで、二、それが不当であったかどうかについて考えたいが、これこそが相場観に大きく影響する問題だろう。

これは例えば不遇なミュージシャン・芸術家を例に取ってみるとわかりやすい。彼はいつも内心で、「俺はもっと売れる（評価される）はずだ」と思っている。ところが現実はそうではない。

ここで彼が認識改造を識っていれば市場における自らの価値を正しく認識し、相場観に基づいて自分自身を分析できるのだけれども不幸にして彼はそれを識らない。

そこで彼は自分が売れないのは自分が芸術の神にのみ仕えて大衆に迎合しないからだと考える。大衆の求めに応じ、その求めるものを拵えるのではなくして、自ら信じるものを作る。だから自分は大衆に好かれない、と考えるのである。

それがわかったのならさっさと大衆の求めるものを作って売れ（評価され）ればよいのだが、彼はそれを潔しとしない。なぜならそれは妥協であり、もっというと芸術の神に対する裏切り、許しがたい背信、冒瀆であるからである（実際はその才に恵まれないからでもあるが、それについては、やろうと思えばできるがいまやらないだけ、と考え、才がないとは考えない）。

　そこで彼は一般大衆に背を向け、自ら信じる神に捧げて作る。それだけなら特段、問題は生じないのだけれども、捧げても捧げても神は褒めてくれず沈黙を保っている。その間、同業者は大衆受けするものを作ってもて囃（はや）され、カネを儲けている。それだけでも苛立たしいところへさして、大衆は売れている同業者を指して「彼こそが芸術の神である」と呼び始める。さあ、そうなると黙っていられない。そんな大衆の玩弄物が神であってたまるものか。それが神なら俺のこれまでの労苦はいったいなにだったのか、と怒り、売れている同業者やそれを支持している大衆を批判したり罵倒したりし始める。

　自分が好きでカネを払って愛好しているものを、そして況（ま）してや自分自身を攻撃された大衆は当然、気分が悪い。なのでこれまで無視していた彼を、さらに徹底的に無視するか、或いは積極的に憎悪し迫害する。彼はますます依怙地（いこじ）になり、その狂信の度合いを深めていく。

　という場合、その不遇な芸術家は不当にその権利を奪われているだろうか。もちろん彼はなにも奪われていない。なぜなら彼はもともとなにも持っていなかったからであり、ないものを奪うことはできない。

　このことを彼はまず知るべきであった。そして飲酒者も。しかし右にもいったように人間はそもそも秤の、自分の側の皿には、ここにみた「芸術の神」その他の、実際にはない錘を予め載せており、自分が「不当」と思う重さはそっくりそのまま、そのない錘の重さである。

その錘を取り除けば秤は見事に釣り合い、自分は概ね正当に取り扱われている、と思えるようになり、そうすると右の芸術家のような迫害や差別、偏見にさらされることなく、心安らかに生涯を全うすることができるようになるのである。

さてこれで、渋滞時の心の動きを、飲酒者↓芸術家、の心理に当てはめて考え、それが不当に奪われた訳ではないことについて確認できた。それでは次に、一、そもそも幸福である権利があるのか。そして幸福とはなにか、について考えることによってさらに認識改造を進め、断酒の栄光に至る道を進んで行こう。

私たちに幸福になる権利はない

飲酒者が飲酒に至る過程を、一、自分は幸福である権利を有している。二、ところが不当にこれを奪われた。三、そこで、自分はそもそも有していた幸福である権利を行使することができる、と仮にするとき、二について、それは不当に奪われたのか、という疑問が生じ、これをよくよく考えたところ誰もなにも奪っておらず、他と同じく公平に取り扱われている、ということがわかった。にもかかわらず不当と感じるのは自惚れによる、ということもわかった。

次に、飲酒とわかりきった三は措いておいて、そもそもの前提である、一、自分は幸福である権利を有している。について考えてみよう。

というのはしかし考えるまでもない。そんなものは有していない。

法律の世界では幸福追求権という言葉があると聞く。それは言い換えれば人の勝手というやつだろう。「俺は酒を飲むのが幸福だから、どこまでも酒を追求する」という奴を国や政府が、「そんなことをやってもつまらぬから禁止する。違反したら処罰する」と言う訳にゃ参らない。追求は人の勝手、個人の自由である。

ただしそれが幸福に繋がるかどうかはわからない。それはあくまでも追求である。蝶の標本を集めることが幸福と信じた男が幸福になるかどうかはわからない。集めれば集めるほど、まだ足りぬ、まだ足りぬ、という焦りが募って、思うに任せぬ現実と集めたいという気持ちの間で板挟みになり、呆れ果てた妻子は去り、蝶のことを主体に考えて疎かにした家業は傾き、経済的にも困窮、その結果、蝶もあまり集められなくなって満ち足りぬ思いを残したまま死去する場合も少なくないのかも知れない。

この人の場合、蝶の蒐集さえしなければ、というのはつまり、幸福追求さえしなければ幸福になったのかも知れない。しかし本人に言わせれば、求めていた蝶が手に入ったときは幸せだった。と言うかも知れない。人から見れば悲惨としか言いようがない人生だったが当人はたいへん幸せだった。それが死んでみてわかったみたいな文学作品がこれまで多く書かれた（ような気がする）。

つまり幸福というものはどこまでいっても主観的なもので、本人にしかわからない。本人が幸福と感じれば幸福だし、不幸と思えば不幸である。というか正確に言うとそれも怪しくて、人間はある程度、自分の感覚を倒錯的に偽ることができるので、いま俺は幸福だ、と自分で自分に言い聞かせることによって幸福と感じ、或いはまたその逆もあって本人もよくわかっていない場合が多い。

要するに幸福というのはそのように判然としないものであり、人の、そのときどきの脳の状態に過ぎないものであって、権利という言葉とはまったく馴染まぬものである。よって追求する権利はあれど、幸福の権利を法は保障しない。というかそんなことができようはずもない。

にもかかわらず時折、「人は誰でも幸福になる権利がある」などといった誤った言説を短い文章で囀（さえず）って自分がモンテスキューにでもなったような気分になって一時的な幸福感に酔い痴れる、それこそ痴れ者が出てくる。そしてそのシンプルな笛の音に踊る者も少なくない。

誰でもロックスターになる可能性はある。けれどもロックスターになる権利がある訳ではない。権利があるとすれば職業選択の自由など、さまざまの個人に認められた自由のみである。

さあ、これで私たちが幸福になる権利を有している訳ではない、ということがわかった。そもそも有していない権利を、不当に奪われた、と、勝手に思い込み、これを回復しようとして酒を飲むことが、渋滞を抜け出た車が速度超過するのとまったく同じであるということがわかった訳だ。

これが認識改造論の最初の一歩である。すなわち、自分はそもそもない権利をあると信じてこれを回復しようとしている。という認識を持つことである。

しかしこれに満足していては酒をやめることはできない。なぜなら人はそれでもなお幸福を希求するからである。そして酒徒にとっての幸福は飲酒行為とその結果、訪れる酩酊状態に他ならないからである。

だから彼らは私に言うだろう。

「お酒くらい飲ませてよ」

と。ああ、いくら飲んで貰ってもけっこうだ。酒は飲め飲め。飲むならば。日の本一のこの槍を。飲みとるほおおどおにいっ、飲んで頂きたいくらいだ。そのためにアマゾンで槍を買おうかなあ、と思ったことさえある。しかしその前に聞いてほしいことがいくつかある。

というのはまずそも幸福とはなにか、ということである。幸福になる。とはどういうことだろうか。勉学に励んだ後、職を得てカネを稼ぎ、妻を娶（めと）り子をなし、財を築いた後は子に譲って楽隠居、知識・経験を活かしていくつか著述をなし、また趣味の分野に於いても若い人から一目置かれる存在となって、叙勲叙爵されて最後は孫・玄孫に囲まれて眠るが如き大往生を遂げる、といったところか。

ってしかしでも、右に考察したとおり、幸福というものはそのときどきの脳の状態であって持続するものではない。右に例として挙げた人だって、その間、目まぐるしく幸と不幸、快と不快の間を行き来していたに違いなく、例えば美しい女を迎えて幸福の絶頂だったときもあれば、その妻の不貞を知りながら黙って耐えていたという苦しい時期もあったかも知れない。

つまり、幸福というものは繰り返しになるが、一度そこに入れば、一生の安楽・快楽・心の安らぎが保証されるものではない。それがあると信じて旅に出て日常に帰還して初めて安らぎのなんたるかを知る「幸せの青い鳥」なんてお話はそのことを語って有名だが、近年、右に述べたような幸福権利論が広まったため、あり得ない絶対的幸福を求め、それが得られぬからといって自己認識を狂わせ、自分は本来持っているはずの権利を不当に奪われている、と思い込んで不満を募らせる人が増加傾向にあるように思える。

認識改造のためには何度も言わなければならないので申し訳ない、また言うが、絶対的幸福というものはない。あるとしたら悟りか発狂か死であるが、いずれも経験したことがないのでよくわからない。

また、幸福はそれ単体では存在しない。幸福はいつも不幸とともに存在する。不幸の裏打ちがあって初めて幸福は幸福たり得るのであって、不幸がなければ幸福もない。ただ、「普通」があるばかりである。

来る日も来る日も冷や飯と漬物ばかり食っているからたまに食う御馳走が旨い。砂漠を彷徨(さまよ)って飢えているからコップ一杯の水がこのうえなくありがたい。いつも負けてばかりいるから思うような目が出ると嬉しい。

餓え飢え欠乏しているからこそこれらを得て嬉しいのであり、満ち足りていれば嬉しくもなんともない。これこそが幸福の本然である。だから物質的精神的富は人を幸福にせず、ハードルが上がり、幸福の可能性が減るので、逆に不幸にするとも言える。

一本のフライドチキンと一杯の麦酒で、「至福」と感じ入っている人間に比べ、珍味佳肴、極上の葡萄酒を前に、「いまいちガツンとこないなー」と呟いている人間は、幸福を感じる範囲が随分と狭い。という訳で絶対的幸福は存在しない。にもかかわらず人はこれがあると信じ、これを獲得しようとするのである。

さあ、幸福になる権利が存在せず、幸福も存在しない、ということがわかった。ならば、これを回復せんとして酒を飲むことの無意味はわかっただろう。しかしなお彼・彼女らは私に言うに違いない。

「でも、お酒くらい飲ませてよ」

と。そう。それがわかってなお、人間は幸福になりたい。いや、幸福な気分、になりたい。

「形容詞としてならいいでしょ。それは幸福追求の権利の範囲内で、幸福の権利でしょ」という訳だ。それに対して私は言う。

「もちろんだ。ドシドシ飲みたまえ。ただし支払は自分でしてくれよ」

と。その支払がいかほどのものかは前項で申し上げた通りだが、それを節約するためには引き続き認識を改めていくのがよろしかろう。

さあ、ということで、それでもなお飲みたいのは、幸福な気分になりたいから、と仰るのだが、なぜ幸福な気分になりたいかというと自分は幸福になる価値がある、という、高めの相場観があるからである。

しかし世の中全体で見ても、やはり幸福は単体で存在せず、いつもそれに見合う不幸があると考えるべきである。つまり幸福な人がいるということは、どこかで誰かがその分の不幸を背負っているのである。それなら背負う側ではなく背負われる側になりたい、と考えるのが人情で、それは責められることではない。しかしそうなると自然に競争となり、競争となればそこに優勝劣敗の法則が生まれ、その結果、多くの者は背負う側に回される。真の幸福は此の世に存在しない、ということを知っていれば、それ自体は大した問題にはならないのだが、それに加えて、背負わされる側、負け組に編入された敗北感、挫折感、劣等感が人を苛み、魂を蝕む。

それを慰藉(いしゃ)して心を一時でも慰めてくれるものが人の愛、自然の美しさ、信仰を持つ人なら神仏の慈愛、芸術やなんかであるが、そのなかでもっとも手っ取り早く、かつ強力に作用するのが、そう酒である。

「酒は涙か溜息か。心の憂さの捨て所」

という文言はそうした意味で酒の本質をズバリ言い表した句である。けれどもその根底にあるのは、負け組に編入せられて口惜しい↓それをなかったことにして幸福な気分になりたい↓っていうか、こんな自分だってガツガツ幸福になっていきたい↓だからお酒くらい飲ませてよ。となるからであって、それらを自己認識改造によって改めることができれば、お酒くらい飲ませてよ。から、酒を飲んだところでなににもならない。というところまで駒を進めることができ、そうしたところ、アアラ不思議、気が付くと知らない間に、背負われる側、(幻想としての)相対的幸福をゲットした側に回っている例も多く見受けられるので、その話をしよう。

「私は普通の人間だ」と認識しよう

先日。都内の料理屋で会議があった。広い玄関から畳を敷いた廊下を通って美しい庭に面した間に通された。ちょうど桜の時分であった。会議が終わり食事になった。仲居に食前酒を勧められたのでこれを断ったところ、「これは桜のなんとかカントカだから是非飲め」と言われた。そこで「僕はいい。僕は丸二年間、酒を断っている」と言った。そうしたところ仲居は、「でもございましょうが食前酒くらいは飲んだらいいじゃありませんか」とどこか非難がましい口調で言うので、嫌な気持ちになって、こっちも、「ここの家では飲みたくないという客に無理に酒を飲ませるのか」と、ちょっととげとげしい口調で言ってしまい、それから口論が始まって、後のことはよく覚えていない、気が付くと、変な、病院のようなところでベッドに縛り付けられていて、身体を動かすとどうやらあちこちの骨が折れているようで激痛が走って。けれどもそのままそこにいると殺されるような気がしたので、なんとか逃げ出していま痛み止めを服用しつつ、この文章を書いている。

というのはまあ嘘なのだが、それに近いことがあったというのは本当である。さあ、そのときに、というのは、仲居が非難がましい口調で反論してきたときに、なんと思うか、というのが認識改造の実は入り口である。

普通は、というか、まあ一般的に言うと、「客に対してその口の利きようはなんだ」ということになって、ここまでであればまずは正論であるといえる。なぜなら店は客にサービスを提供し、その代価で利潤を上げるために存在しているからである。客が、不要、と言い、その分の支払を拒んでいない以上、そのサービスを受けることを強要することはサービスに似てサービスではない。

それが常識の範囲内にとどまる以上、店は正義を掲げて、その実現を目指すことはできない。

もちろん厳格なルールを客に課す店もなくはないが、それも客の望むサービスのひとつと考えることができる。しかし。

これはあくまでも銭金を介在して初めて成り立つ理屈であって、だから、「カネを払う客に対してその態度はなんだ」という主張は成り立つし、「従業員の立場でその口の利き方はないだろう」というのもなんとかギリギリ成り立つ。

しかし、そもそも俺はおまえに優越している。おまえは俺より劣っている。だからおまえが俺に対してそんな口を利くのは間違っている。となると成立しない。なぜというにそれは(自分にとっての)正義の実現、であるからで銭金の範疇を既に超えてしまっているからである。

だから仮に、「おまえは誰に対してものを言っているかわかっているのか」と見苦しく激昂したとしても、そのバックグラウンドには二つの思想が作動しており、これは実は峻別して考えるべきなのだが、大体はひとりの人間の中に二つが混在し、そしてまた、その割合は後者の方が優勢である場合が多い。

そしていまここで認識改造をするにあたって重要になってくるのはもちろん後者の「正義の実現」の方で、「銭を払っている客である」というのはいったん忘れていただきたい。そのうえで着目したいのは、カッコでくくった、自分にとっての、という部分で、このところをよくよく考え、それが本当に正義であるのか、この場合で言うと、一人の人間として自分は従業員よりレベルが上で、下の人間が上の人間に生意気な口を利くことは義に悖る不正義であるのか、どうか、ということを考えたい。

というと、それが正義かどうかは急に怪しくなってくる。まず、人間的なレベル、というのは、この場合、経済的な概念を外すわけだから、徳が高いか低いかという話になってくるが、徳が低い人間が徳の高い人間に対等の口を利いてはならないかどうか、というのがはっきりしない。

なぜなら、徳の低い人間には徳の高い人間の価値が判らないから、これを敬うことはないし、徳の高い人間は徳の低い人間が自分の価値を理解しないからといって怒ったり悲しんだりしないというか、そういうことをしている段階で、かなり徳が低いと言えるからである。だから徳が低い人間が徳が高い人間に非礼を働くことが不正義であるとは必ずしも言えない。

次に、その客は真に仲居よりレベルが高いのか、という点で、経済という局面でのみ考えれば、奉仕するものと奉仕されるもの、という関係が確かに成り立っている。しかし当たり前の話だが、人と人とは経済によってのみ結びついているわけではなく、いろんな局面・場面を人間は持っている。それらを綜合的に加味・勘案しなければ人間のレベルの高低は判断できぬであろう。

将棋が極度に上手で敵う者がない。みたいな人も蕎麦打ち教室では近所のおばはん以下、なんてことは当たり前にある。そして人間は将棋、蕎麦打ちだけをやって生きているわけではないので、人間のレベルの高低は容易には判定できない。

説話に観音が最下層・最底辺の人間として現れる話が多くある。一番下の人間だと思ってこれを迫害した人間は報いを受けて馬になったりするが、これを大事にした人間は現世で報われる。いま諸君らが最下層だと思って虐げ、馬鹿にしている人間が観音でないという保証はどこにもない。もしかしたら世界中に観音があふれ、人口の四分の一くらいは観音なのかも知れない。

それくらいに人間のレベルの判定は難しいのである。

と言うと、「しかし、君、大凡の基準というものがあるだろう。というのはほら、学歴とか経歴、社会的地位みたいな。其れは強ち経済一辺倒とも言へぬし、本人が築いたものだから判断基準にはなるのぢやないかね。まあ言わば僕のように東大を出て地位と財産を築いた者と中学を出てパンクロッカーになり悪評と借金の山を築いた者と、どっちが人間としてレベルが高いか。結果から逆算できるのではないか」と仰る方が出てくるかも知れない。

それはまあある意味では間違っていないのだが、ひとつ、見落としている点がある。というのは時間の中で生き、やがて老いて死んでいく人間はその状態を持続できないという点である。

例えば運動選手が国際競技で世界記録を樹立したとする。そこで、ヤッター、これで大丈夫だ、と言って「すしざんまい」に行き、穴子やイクラ、中トロといったようなものを鱈腹食べ、その後、ショーパブに行って遊興するなどしてまったく練習をしなかったらどうなるかというと、これは勿論、次の大会で予選落ちをする。

つまりムチャクチャにしんどい思いをしてある状態になったからといって、そのしんどいことをやめた瞬間に元の木阿弥、凡人・常人と同じになってしまうのである。

脳も身体の一部である以上、同じで、ムチャクチャに勉強をして東大法学部を首席で卒業したところで、その後、酒、風呂、女、カネ、メシのこと以外はほとんどなにも考えない、例外的に知恵を絞るのは人事のみ、みたいな日常を送れば普通の人間以下のアホと成り果てる。

ところが、就職試験などはそこまでアホになりきっていないときに行われるのでいったんその身分を得れば、その身分・地位はある程度、保証されるので右のように、「俺は人間としてレベルが高い」と言うことができるし、世間もそう思う。

しかし本当の中身は保証の限りではないのである。

というのは、私はその状態になったことがないのでわからないが所謂、悟り、なんかもそうなのではないか、と類推する。

「あ、悟った」

というのは一瞬のことで、その直後にはまた混迷が始まる。しかし、その悟った状態をなんとかしてもう一度、摑むために、そして少しでも長引かせるために、各自がそれぞれの方法で修行に励む、みたいなことではないだろうか、と思うのである。或いはまた話は飛ぶが、中原中也がなんとかして摑もうとした言葉＝詩＝歌はそうしたものではないだろうか。

って私はなにの話をしているのか。そう、そういうことなので人間の社会的な地位や名声というものは人間のレベルの高低の基準として当てにならないということを言いたかったのである。

となれば。各人は自分のレベルをどうやって綜合的に判定すればよいのだろうか。というとひとつ間違いのない方法がある。

それは、「普通」という判定である。

というと誤解を招きやすく、「じゃあ、その普通判定から外れる、普通じゃない人間はどうなるんだあああっ」と叫び、「女性専用車両に乗せろっ」「男風呂と女風呂をひとつにしろ」「土俵に上げろ」「大峰山に登らせろ」などいろんな趣向じゃない、主張が各方面から噴出、あちこちで火の手が上がって焦熱地獄さながらの光景が現出するかも知れないが、そういうことを言っているのではなく、普通というのは大多数、もっとも数が多い、という意味での普通と人間のそもそもの思うことすることの範囲内、という二つの意味での普通で、与えられた諸条件の話をしているのではない。

つまり、殴られると痛い、飯を食うと腹が一杯になる。腹が一杯になると眠くなる。とか、褒められて嬉しい。他人の成功がうらやましい、とか。銭を儲けたい、女または男に持てたい、人を支配したい、といった心や体の働きがあるということで、そう考えれば殆どの人が、普通、と言えるということである。

じゃあなぜ少数の、普通じゃない人、が現れるかというと、右に言った様々の諸条件が偶然に重なった結果、普通じゃないほど金を儲ける人や普通じゃないほど人類に貢献する人や或いは逆に何百万という単位で人を殺すなどして普通じゃないほど人に迷惑をかけたり、普通じゃ考えもつかないような絵を描いたり音楽を作ったりする人が出てくる。

しかし心配は要らない。そういう人は稀にしか現れず、この文章を読んでいる人はまず普通と自己判定して差し支えない。

ところが。この何十年かの間に、夏目漱石が『吾輩は猫である』で近代化の果てを予測したとおり、個人の権利、個人の自由というものが随分と伸張して、そうなるといまの世の中は金力の世の中なので、これにつけこんだ各種のお商売を始める者も増え、その相乗効果でいまは、普通じゃ満足できない、という人が多くなった。

けれども。右に申し上げた通り私たちの心の働きは概ね普通と言える。「いや、俺は夜、橋の上から真っ黒な川の表面を一時間ほど眺めるのが好きなんだ。普通とは思えねぇ」とか、「私は縛られた上で転がされ鞭で打たれ溶けて熱い蠟を垂らされるのに無上の喜びを感じる。異常だ」といった人も諸条件の積み重ねによってそうなってるに過ぎず、ここでは、ごく普通、と考えてよい。

繰り返せば、自分は普通の人間である。これが自己認識改造の第一歩である。これは、ものすごく自意識過剰な人は別だが、特段、難しいことではないはずだ。

私たちはここから出発する。

自分の魂に釣り合う値段を自覚する

しかし、「自惚れるな、おまえは普通の人間だ」と言うと、大多数の人が、「私は自惚れていない。自分を普通の人間だと思っている」と言うだろう。

しかし、ならば渋滞や列車の遅延、徴税などに怒りを感じることはないはずで、社会は個人を公平・公正に取り扱うべき、ということが、自分は公平・公正に取り扱われるべき、になる。ところが完全に公平な社会などというものはなく、不公正はどこにでも簡単に見つけることができ、それを見て、自分は公平に取り扱われていない、損をしている。と考えることは容易というか、ついそういう風に考えて、「普通はこうではないだろう」と思ってしまう。

一泊三千円のホテルに宿泊し、以前に泊まった一泊三万円のホテルと同じ待遇を求めてもそれは無理な相談である。

三千円のホテルを知り、三万円のホテルを知っている人はそのことがわかる。けれども三万円のホテルしか知らず、ホテルとはこういうものだ、と思っている人は、それがたとえ三千円の部屋であったとしても、「それくらいの当たり前のことはしろ、クソが」と言って怒る。

一方その頃、三千円のホテルしか知らない人は、「いっやー、やっぱりいつものところが落ち着くなー」と思いつつ安らかに眠っていた。

この場合、もっとも幸福なのは誰かと言うと、三千円のホテルしか知らぬ人であるが、自我というものがあり、かつまた、三千円のホテルも三万円のホテルも、いやさ、テレビコマーシャルやネット情報などで一万八千円のホテルも知り、八千円で朝食バイキング付きがあり、かつはまた、早割ネット割など様々の割引もあるということを知りたくなくても知ってしまう環境にいる私たちは、実はなにが三千円でなにが三万円かもはやわからず、いつも自分が多く支払っているのではないか、損をしているのではないか、と考えてしまっている。

つまり、いろんなことを知ってはいるが実は三万円のホテルも知らず三千円のホテルも知らないで、ただただ、どこかに必ず価格は三千円だが三万円の価値があるホテルがあるのが、「普通」と思ってしまっているのである。

これは不幸な上に不幸、もっとも不幸な存在である。

なぜなら節約して三千円のホテルに泊まっても不満が残り、ならばというので働いてカネを稼いで三万円のホテルに泊まっても、それはそれで不満が募るからである。

かといって一度知ってしまったものを忘れることはできない。いや、どうしても忘れたいのなら方法がなくはない。脳を壊せばよい。脳を壊してアホになってしまえば、余計なことは忘れて三千円でも三万円でも楽しく過ごすことができる。

ということはない。なぜなら詳しいことは私は知らぬが脳のその部分だけを壊すことは難しく、素人が下手に壊した場合、全体的に脳が壊れ、予約やチェックインもままならぬ状態になる可能性が大だからである。

ならば、そう壊すまではしないで、麻痺させる、痺れさせるのが都合がよく、そうすると擬似的な楽しみを得ることができる。これすなわち飲酒のメカニズムであるが、既に前項で述べたとおり、麻痺していた間、ないことにしていた情報は自分のなかに消えずに残っており、残存分に利息が乗っかって自分のなかに残る。それを認識するのは辛いのでまた麻痺させる。雪だるま式に負債が増え、飲酒地獄、濁酒地獄から脱けられなくなる、というのが実態なので此の方式は採用しない方がよい。

だからいまこうやって自己認識改造をやっているのだ。

それをこのホテルの喩えのなかで言えば、自分の魂の宿りはいったい一泊（一生）いくらなのか、ということを考えればよいのである。

それは前回見たように、きわめて普通のホテルである。

ということはどういうことだろうか。

多くは以下のように考える。

まあ、普通の庶民なのだから三万円ということはないだろう。そんな高貴な魂でないことは重々わかっている。だからといって三千円の宿はつらい。なのでまあ、一泊八千円？　それくらいのところには最低でも泊まりたい。

まあ、順当な考えと思われるが、実際の価格とはそれでもまだ乖離があって、本当のことを言うと、神が設定した、または需要と供給のバランスから導き出される魂のホテルは三千円から五千円くらいなのである。

しかし多くは八千円くらいが自分の魂に釣り合うと考えている。そしてそこからさらに妄想が膨らむ。

しかし一生に一度の旅行、というか一度しかない宿りだから、できうる限りよい宿に泊まりたい。八千円だと部屋もちょっと狭めだし、設備も古いし、内装も垢抜けない。サービスもよくない。オーシャンビューもない。楽しくない。なのでできれば一万二千円、いやさ、折角だから一万八千円の部屋に移りたい。そうすれば私の人生はずっと楽しく豊かなものになり、死ぬときに、「ああ、よかった。幸せな人生だった」と思えるはずだ。

それが証拠に見給え。あの三万円の部屋に泊まっている人たちの楽しそうな様子を。同じ人間と生まれながら八千円の蛸部屋に押し籠められているのはいかにもつらい、悲しいじゃないか。

だから私は少々無理をしてでも一万八千円の部屋を目指す。いやさ、折角だから三万円どころではない、一泊三十万円のスウィートルームってやつに泊まることもいずれ視野に入れたい。

なんて妄想である。

しかしそのためにできることは限られていてひとつは株主優待券、無料宿泊券みたいなのを手に入れることだが、魂のホテルにそうした類のものはなく、割引クーポン券もない。

ならばどうすればよいか。わかりやすいので金額で表現しているが、実際のホテルではないのでカネを儲ければよいという話ではなく、その人にもともと備わった魂の格・位があがらないとそれにふさわしい部屋には泊まれない。

つまり、アメリカンドリーム的な金儲けの話ではなく、一万八千円の部屋に泊まるためにはそれにふさわしい魂になるための修行・修養をしなければならないということ、ということはつまり。

そう。人がその本位を楽しんでいるのを羨み、自分もガツガツ楽しみたい、人生を楽しまないと損だ、俺は損をしたくない、人より得をしたい、猛烈にゲインを得ていきたい、などと考えるのは、貪欲、といって魂の位置を下げる効果があり、三万円の部屋を目指しながら実際には八千円↓五千円↓二千円と魂の部屋がみすぼらしくなっていってしまうのである。

それは現実的に一泊いくらのホテルに泊まっているかということとは無関係にそうで、現実には一泊十万円の部屋に泊まりながら魂的には一泊二千円のゲストハウスに宿泊している例はいくらもあるのである。

そうなるのは何度も言って申し訳ないが、自分が考える普通以上の、ということはつまり八千円以上の、魂のホテルを予約するか、予約しようとしているために起こる現象なのである。

これを普通の三千円のホテルに引き下げる。これが認識改造である。

と聞いて、

「ええええっ？　困るぅ。三千円は私という人間にふさわしくない」

と思った人は一泊三万円の部屋に泊まって酒を飲み続ければよいだろう。

「まあ、しかしものは考えよう。住めば都ともいうし、三千円には三千円の良さ、楽しさ、というものがあるに違いない」

と考えた人は認識改造を続ければよろしい。

という訳でここからいよいよ認識改造の核心部分に入っていく。その際、どこから手を付けたらよいかというのは実はその人によるのだが、ひとつの例として、「住めば都。三千円には三千円の良さ、楽しさ、というものがあるに違いない」と考えた人を入り口にして考えていくことにする。

ではまず言う。よく聞いていただきたい。

三千円の部屋に良いところもなければ楽しさもない。あるのは、苦しみのみである。

と聞いて驚愕した人も多いのではないだろうか。なぜならこうした際に説得的な議論といえば大抵、右の人が考えた、「三千円には三千円の良さがある」という考えを後押しするような説、すなわち、そうしたものは物質至上主義的な考えであり、そんなものを追求したところで心はむなしい。そうしたものを追い求めた結果、いま文明は行き詰まり、終焉を迎えようとしています。そんな時代だからこそ、我々は精神的な豊かさを追求すべきなのです。三千円、大いにけっこうじゃありませんか。鴨長明という人は『方丈記』という書物を著しましたが、方丈というのはメチャクチャ狭い部屋のこと。その狭い部屋で深い思索に耽り、自然を愛し、音楽に耳を傾け、書物に親しむ。これこそがこれからの理想の生活です。三十万円の部屋で葉巻を吹かし三鞭酒を飲み美女と戯れていて、それはかないません、的な説で、こうしたものがいまの世でそこそこ幅を利かして、そうしたことを書いた本がときどき十七万部ほど売れ、著者は講演旅行に出掛けた先で六万円の部屋に泊まって極上のフレンチに舌鼓を打っている（こともある）。

けれどもこれは間違いである。

といって、当たり前の話だが、ガツガツ稼いで都心の高級アパートに住み、毎晩、焼き肉屋に行け、と言っているわけでもない。

そのどちらでもない別の方向に舵を切るべく認識を改造すると酒がやめられる、とこう申し上げているのである。

「普通、人生は楽しくない」と何度も言おう

此の世の中には一泊三十万円の部屋に泊まり三鞭酒を飲んでいる人があるというのに自分は一泊三千円の安宿で合成酒を飲んでいる。そしてそれが一夜の宿りならまだよいが、此の世における魂の宿りたる肉体の出来具合が三千円なのであればとてもじゃないがやりきれぬ。とこぼす人に対して、「いやいや此の世の中は夢の世の中。常なるものはありません。つまり無常。よって嘆く必要はありません。三千円のなかに楽しみを見出しましょう。里山とか行ってみましょう。無農薬野菜食べましょう」と考えて乗りきる。或いは、「よっしゃ。ほんだら俺もいってこましたるで。泪橋を逆に渡るで。とりあえず投資セミナー行って自分を高めつつ、あくまでも法の範囲内で銭を儲けていこう」と頑張るのも、どちらも酒をやめることにはつながらない、と申し上げた。

なぜかというと、二つの認識の根底に共通する大きな認識があって、その認識こそが飲酒の原因となっているからでその認識とはなにかというと。

そも人生は楽しいもの、または楽しむべきもの。

という認識で、これを改めることこそが、認識改造のぎりぎりの肝要のところなのである。

では、どのように改めるべきか、というとそう、そも人生は苦しいもの、と改めるべきなのだが、しかしこれまで、楽しいもの、または、楽しむべきもの、と考えていた人が一気にその段階に進むのはさすがに苦しいだろう、なのでとりあえず現段階では、

そも人生は楽しくないもの。

に留めておくことにしよう。しかしこれにしたって承服できぬ、という人が多くあるのかも知れない。というのは例えば、運動競技の国際的な大会に出場するために外国へ出掛ける選手が取材に応じる際などにニコニコ笑って、「楽しんできます」など言っていることからも知れるであろう。

普通で考えれば運動競技などというものは日常生活においてまずあり得ない負荷・負担を身体に掛けるのだから苦しいに決まっている。二百キロのバーベルを持ち上げる。百メート

ルを十秒で走る。なんてことは、おけさやかっぽれを踊るような調子でヘラヘラ楽しんでいたら絶対にできない。

そうするためにはもって生まれた天分や素質に加えて、血の滲むような努力、鍛錬が必要であろうことは傍で見ていても容易にわかる。そしてそんなことをしてきたなかでも選びぬかれた、えげつない御連中が集結するのが国際大会で、余程の天才でない限り競技を楽しむ余裕などないだろう。

にもかかわらず、「楽しんできます」と言うのはなぜか。それはそんな競技をやったことのない私はわからないが、推測するに、そうしたものも、そのぎりぎりの肝要を究めれば或いは競技のその最中、瞬間的に自他も生死も超えた涅槃の境地に到達し、「たのしー」と思うことがあり、そうした瞬間を知った人が後日、その瞬間のことを思い出し、「緊張もプレッシャーもなくただただ競技を楽しみました。そしてふと我に返ると一位になっていました」と語ったのを聞き、他の競技者がこれを真似たのではないだろうか。

しかし、真似はしょせん真似で、いくら楽しもうとしても、実際にはなかなか楽しめず、苦しかったり嫌な思いをしたりする。なんとなれば、諸条件が同じなら同じことをして同じ結果が出るだろう。けれども諸条件が違う。生まれ年も性格も体つきもなにからなにまでひとつとして同じところがない。だから同じことをやっても同じ結果が出るとは限らない。な

のに、

「あの人は競技を楽しんで優勝した。ってことは楽しまないと優勝できないということで、ってことは優勝するためには楽しまなければならない、ってことで、それは逆に言うと楽しめば優勝できる、ってこと」

と解釈する者がきわめて多いように思う。しかし当人が、逆に言うと、と言っているとおりそれは話が逆で、原因と結果を逆転させて考えてしまっている。

と言うと、まるっきりのアホのように聞こえるがスポーツのみならず他の分野にも此の手の話が多く、既に認められた芸術家が日々やっていることを聞き出し、そっくりそのまま同じことをやれば自分も同じような芸術作品を作ることができる、と信じる芸術家志望の人は多いし、ビジネスの分野で成功した人の経営哲学を学び、その哲学を実践すれば自分も巨富を築き、なに不自由ない生活ができる、と信じる人が少なくない。

けれども言うようにそんなことはまずない。なぜならそれはその人の身の上にのみ起きたことで、同じことをやったとしても別の人の身の上にはまた別のことが起きるに決まっているからである。

それは動いている船の上から水中にものを落とした。慌てて船端に印を付け、確かにここから落ちた、と言って捜すようなことでもあって意味が無い。

という風に間違った方法論を信じる人が多いので、この、「楽しまないと優勝できない。優勝するためには楽しまなければならない」という考えは、人々に強い印象を残し、他の分野にも広がっていった。

或いはことによるとこれもまた逆で、そもそも人々のなかに、楽しむこと＝善、苦しむこと＝悪、という考えが言語化されない形で既に漠然とあって、それが著名な人の口から言葉として出たので急速に広がったのかも知れない。

とにかく理由はどうあれその考えが急速に広がったことには間違いがないようで、以前とは比べものにならないくらい、「楽しむ」という言葉を人が口にすることが多くなった。

例えば、以前であれば、旅行に出掛ける、となれば、大体は、「道中、お気を付けて」とか「水がかわるから腹をこわさないようにな」など無事と安全を祈る言葉を掛けたものだが、最近は大抵、「楽しんできてね」と言うようである。

或いは、コンサートに出演するミュージシャンに声を掛ける場合なども、「がんばってね」と激励するのではなく、「楽しんできてね」と声を掛けることが多い。

もちろんこれは運動競技ではなくて音楽なのでそれでもよいように思えるがさにあらず、実は運動競技と同じような部分がこれにもあって、どういうことかというと、上手な人が楽しんで演奏すると、これを聞く人もそれに比例して楽しくなるのだが、あまり上手でない人が楽しんで演奏すると、これを聞く人はそれに反比例して苦しくなる。

　だからほどほどに楽しんでくれればよいし、どちらかというと苦しんでやってくれた方が聞く方としては少しは楽なのだけれども、先ほど申し上げた、楽しむこと＝善、苦しむこと＝悪という考えが染みこんでしまっているので、ここを先途として楽しんで演奏し、聴衆は塗炭の苦しみを味わうことになってしまうのである。

　そしてその考えが広がった結果、人は人生もまた楽しまなければならないと、強迫的観念を抱くに至り、それはやがて、人生を楽しんだ者＝勝者、人生を楽しまなかった者＝敗者、という考えになり、人は競って人生を楽しもうとし、また、インターネットに写真や動画を上呈することによってそれを他に訴える・主張するようになり、それがまた強迫的な観念を亢進せしめた。

　しかしこれがひとつの欺瞞であるのは間違いなく、なんとなれば本当の楽しさのただ中にあるとき、人は、自分はいまどれほど楽しいか？　と考えることはないし、これを記録して証拠を残そうとも思わないはずだし、そんな楽しみは求めて、かつまた、金を払って得られるものではなく、不意に予告なく訪れるものだからである。

　しかるにこうして、楽しまないと敗者になる、という恐れから、貪欲に求められる楽しみはそのようなものではないのだが、一度、そう思ってしまうとなかなかそれを拭い去ることができない観念・思い込み、というのがいくつかあって、「人生は楽しいもの、楽しむべきもの」という考えはそのなかでもっとも強固なものであると言えるのかも知れない。

なぜならそれは、勝ち負け、損得、という社会的動物としての生存戦略にかかわってくる問題であるからである。

しかしそう考えたところで、いやさ、そう考えるからこそ、これを「人生は楽しくないもの」とする認識改造が必要で、なんとなれば、誤った認識に基づいて行動すれば当然の如くに敗北するからである。

といって楽しいことを否定する必要はない。生きていれば楽しいこともあるだろう。しかし忘れてはならないのは、その瞬間は求めて得られるものではなく、不意に、偶然、訪れるものであり、また、楽しいことが起こるのと同じくらいの割合で苦しいことも起こるということで、つまり苦楽は均衡するということである。

しかし楽しい時間は短く感じられ、また、人工的に楽しみを追い求めていると、楽しいことが楽しいと感じられなくなるし、苦しい時間は長く感じられるので、主観的には、人生は苦しいばかり、というのが実際のところなのである。

というと、そんなことを認めると人生があまりに惨めだ、と思い、やはり貪欲に楽しみを追い求めたい。限られた人生を有意義に生きたい、と仰る方がおられることと思う。しかしそれを乗り越えない限り、つまりその認識を改造しない限り、酒はやめられない。さてその方法は、というと既に申し上げたように、「自分は特別な人間ではない↓つまり普通の人間↓普通、人生は楽しい」から、「自分は特別な人間ではない↓つまり普通の人間↓普通、人生は楽しくない」の過程を何度も繰り返すより他ない。

なぜなら、ともすれば自分は他の人と違う自分である、ということが、普通の人間、という点をつい忘れさせてしまうからで、このエクササイズを繰り返し行うことが認識改造の第一歩であり、何度でもここに立ち戻ること、これがなによりも重要なのである。

「自分は普通以下のアホ」なのだから

　さて、自分は普通の人間である、ということ。そして、そも人生は楽しいものではない、ということ。此の地点までくれば、困難な「自己認識改造」まであともう一歩である。

　しかしその一歩を踏み出すのはとてつもなく難しい。なぜならそこに大きな裂け目があるからだ。なので目測を誤ると、せっかく苦しい思いをして、自分は普通の人間である。普通の人間の普通の人生はそもそも楽しくないものである。という地点までやってきたというのに、暗い裂け目にはまって真っ逆さまに転落していくことになる。そして裂け目の下にあるものは。

　そう。目がくらむほど明るく楽しい濁酒地獄である。

　だからけっして目測を誤ってはならない。呼吸を整え、昂ぶる気持ちを鎮め、意識を集中して、無心の跳躍をしなければならない。そして。けっして焦ってはならない。心の準備もないままに、恐怖心に駆られて飛んではならない。

だからここでもう一度、これまで歩いてきた道筋を振り返ってみよう。まず、なぜ私たちは酒を飲むのか、ということ。それはいままで不当に奪われてきた権利を回復するためである。

ではその権利とはなにか、というと、

「私たちには毎日を楽しく暮らす権利がある。にもかかわらず今日一日、あまり楽しくなかった。生きていくのに必要な金を稼ぐのに追われて、自分だけの時間というものが一秒もなかった。人間というものは二十四時間を一日として生きている。ならば。私は今日のうちに私のためだけの私的な時間を回復しなければならない」

みたいなことで、そうしたことをする場合、もっとも手軽で簡便で効率がよい（と思われている）のが飲酒ということである。

しかし私たちは不当に権利を奪われたのではない。なぜならそんな権利はもともとないからで、私たちは、例えば実定的に幸福追求の権利を認められているが幸福の権利を自然に認められているわけではないからである。

ではなぜ私たちは自分は幸福の権利を持ち、楽しく生きることができると思うのか、それは私たちが自分自身のことを普通・平均よりほんの少し上の存在だと思っているからで、また、その背景には、人生の勝者と敗者を、持っている銭の多寡、において峻別する思想が在り、楽しく生きなければ負け、といった強迫的な観念を抱く人が増加したことがある。

しかし、まず第一に自分は平均より上ではなく、ずっぽりと普通である。そして、冷静に考えれば人の一生というものは楽しいときも苦しいときも同じくらいに在る、と言いたいところであるが、人間に自我というものが在ることを主たる理由として、苦しいことの方が実は多い。その根底には、意志して生まれてきたのではないのにもかかわらず生への執着、死の恐怖が脳に予め埋め込まれているということがある。

つまり、普通の人間である人生はそもそもが楽しくない。とこうなるのである。


さあ、しかしそう認識したからといって真の自己認識改造ができたことになるだろうかというと、いま申し上げた通り、それはならない。なぜかというと、「じゃあ、まあ普通なら、普通に酒を飲んでかまわないだろう。私は普通の弱い人間だ。弱い人間には慰藉が必要だ。なにも王侯貴族のような楽しみを追い求めているわけではない。日々の労働を終え、安い居酒屋で二合半、つまみはあぶったイカでいい。そんな程度の楽しみも許さないなんてことないだろう。私はムスリムではない。イエス様。どうなんですか、そのあたり。けっこうイエス様、酒飲んでますよねぇ。天の父だってそれくらい許してくれますよねぇ。ましてや僕、キリスト者ですらないんです。実家は浄土真宗ですけど、僕自身、仏壇もないしね」などと散らかった議論を展開して、いろんなことが有耶無耶になり、結局は酒を飲んでしまうからである。

さあ、だから私たちはいよいよ最後の跳躍をしなければならない。ではしよう。私たちは酒をやめるために以下のような自己認識を持たなければならない。それは。

自分は普通以下のアホである。

という自己認識である。

と聞いてどう思われただろうか。「そんなことはない。自分は普通だ」と思っただろうか。それとも、「学歴や現在の収入、地位などから客観的に判断して平均より上と思う」と思うだろうか。

まあそれはそうなのかも知れないが、その場合の根拠となるものはなにかというと、それは、自分は平均より上と主張する人が言うような、学歴や地位・身分、年収などによってであろう。

しかしそれは常に他に影響される。

どういうことかというと、例えばムチャクチャに景気がよいときの普通の人の振る舞いとどん底の不景気のときの普通の人の振る舞いはかなり違う。

景気がよいときは普通の人が借金をして高級車を買い、三鞭酒を飲み、六本木でほたえもする。

景気が悪いときは普通の人はしかし、工夫して節約し、芋焼酎を飲み、西永福で奉仕活動する。

これが別人格ではなくて同一人物なのである。そのように普通はうつろう。

というと自分を普通以上の存在と心得、実際に高い収入を得ている経済学者的な人は、「いやさ、そんなことを言っているのではなくて数字に表れる統計というものがありますのです」

と言って、あからさまに見下した目で此方を見るだろう。ならば私は言うだろう。「そらそうじゃわいな妾(わたし)が莫迦でござんした」と。なんなら一服つけてあげてもよい。上質なハシシかなにかを。

しかーし、それは飽くまでも全体的な経済を論じる場合の話であって妾はいま経済を論じているのではない。妾はいま人間を論じているのである。そして人間は自分から遠いことは、頭でわかったつもりになることはできても身体で感知・感覚することができない。

自分の目に見える範囲でしか基準を定められぬのである。だからアホしかいない地域では、そんな賢くない、まあどっちかというとアホの部類に属する人も賢人として遇せられるし、逆に賢い人が集まっているところではそこそこの人も、少しく残念な人、と見なされてしまう。

或いは、女性が極端に少ないところに行けば、多少、不細工な人でも姫君のような扱いを受け大事にされるが、選りすぐった美人しかいない後宮のようなところに行けば、かなり可愛い顔をしていても、軍手と作業着を支給され、草刈りや土砂の運搬を命じられる。

なぜそんなことになるかというと言うように人間は実際には見える範囲でしかものを考えないからで、だから自分が普通と思っていることは数字や統計に基づくものではなく、あくまでも周囲と比べて、という話で、人はそれが普通かどうかをほぼ主観によって判断するということである。

強い、弱い。速い、遅い。能力が高い、能力が低い。身体が大きい、小さい。そんなことですら、主観によって判断する。よって、「自分は普通である」という認識にはなんの根拠もない。

じゃあ、どうやって判断すればよいのか。

どのようにして基準を設ければよいのか。

となると答えはひとつ、そう、自らのうちに絶対的な基準を設けるより他ない。つまり、他の多く=平均というとき、その他が偏っていて信用できないなら、他の多くに頼らない自分ひとりだけの基準乃ち普通、こんなもんでしょう、というのを設定し、その範囲内に収まっておれば自分は普通、いまだこれに至らざれば普通以下のアホと判断することができるのである。

というと難しく感じるかも知れないが、普通とはなにか、といって、

普通とは、こう在るべき、こう在りたい、と自ら定めた基準である。

と言えばわかりやすいだろう。

例えば、普通は人に迷惑をかけない、という基準を設けた場合、人に迷惑をかけていなければ自分は普通、いつも人に迷惑をかけてしまっていれば、自分は普通以下のアホ、ということになる。

というのは自分で定める基準なのでどう定めるも自分次第で、どてらい奴になる、みたいな主観的な基準であっても自分の内部的な判断になってくるので特に混乱することもないし、英検三級みたいなものでも一向に差し支えない。

つまりその水準を高めに設定するか、低めに設定するかはその当人がどういう人生観をも

っているのかによるのであり、世の中銭や。銭さえあれば大抵の願いは叶う。という人生観をもつ人が、普通は一億円くらいの銭があるはず、を普通の基準とするのも全然ありなのである。

だから、自分は普通以下のアホ、という自己認識に耐えられない人は低めに設定すればよい。

しかし酒をやめたい場合は高めに設定すべきである。理由は、そう、その通り、その方が、自分を普通以下のアホと認識し、自己認識改造が容易に行えるようになるからである。

また、これは禁酒とは別の話であるが、高めの目標を掲げ、ときに屈辱感や挫折感に苛まれ、「くっそう、埒あかねぇな」と呟きつつも、それに向かって無駄な努力を重ね、少しずつでもなにかを習得していくことが生きるということではないか、と自分なんかは愚考する。

その方が、「このえらいオレがなんで報われぬのか」と不満を募らせ、鬱憤晴らしに酒を飲み、人に喧嘩口論を吹きかけ、世の美しいものを穢し、価値を顚倒させてやった！　と悦に入っているよりはずっと「楽しい」ように思うのだが卿等はどのようにお考えだろうか。

とまれ、普通は自ら定めるものであり、その設定は高めにするが吉、と申し上げる。

「自分はアホ」と思うことの効用

お釈迦さんやキリストさんを普通の人間とすれば自分は普通以下のアホであるし、近所の無学なおっさんやコメンテーターを普通の人間とすれば自分は普通以上のかしこであるが、その設定は勝手次第、自分の匙加減だが、酒をやめようと思うなら自分を普通以下のアホと思うに如くはない。

なんとなれば、これまで申し上げてきたように、自分を賢い、偉いと思うから現実について不満が生じる。俺のようなかしこがなんでこんな安い給料で働かされなければならないのか。という不満が募ってその憂憤を慰むるために酒を飲む。というと労務者しか酒を飲まないように思うが、これは資本家だって同じことで、この偉い俺は厳しい環境下を生き延びるため、夜の目も寝ずに戦略を打ち出しているのに、なんであの自分のことしか考えていない労働者に文句を言われなければならないのか。という不満が高じて、これを解消するために酒を飲む。或いは、幸福追求の権利のところで申し上げたように、楽しむ権利の回復としての飲酒も根底には、自分の宿りは普通これくらい、という普通の設定が高すぎる、という問題がある。

そこでその不平不満の出発点である、この偉い俺、この賢い俺、という認識を改め、自分は普通以下のアホ、とすることによって酒をやめることができるのであり、これこそが自己認識改造である。

しかし、これは口で言うのは簡単だが実際に行うとなると、これも何度も申し上げてきた通り、非常な困難を伴う。なぜなら人間には自惚れというものがあるし、自己保存の本能、生存戦略というものが予め埋め込まれているので、こうした下手をすると自己破壊に繋がりかねない自分自身の切り下げを、自らの手でできないようにそもそも設計されているからである。

そのうえでこれを行うためにはどうすればよいかというと、このこと、すなわち「自分を普通以下のアホと認識すること」がもたらすさまざまの利点を知れば、人間には、「自分の得になることをしたい」という特質も備わっているため、危険や困難を乗り越えてこれを行い、認識改造を成し遂げることができるのである。

では、以下に具体的なその利点を挙げていく、とまず、第一に、少々のことでは腹が立たない、という利点が考えられる。

腹が立つということはどういうことかというと、自分以外のなにかが自分の思い通りにならない、ということで、これは実にやるせない感情である。

これを制御するのは難しく、怒っている人と平常な人が論争をしたら十中八九、平常な人が勝つ。なぜなら論争において、自身の情緒は、本来、防塁で固めて、けっして敵前にさらしてはならない部分であるが、怒っている人は、これを無防備にさらけ出してしまうからである。

と言うと、「それはあくまで言葉のやりとりにおいてでしょう。実際の格闘になったらそんなことないんじゃないですか。やはりより怒りのパワーを持っている人の方が強いのではないですか」といった茶々を入れてくる人があるかも知れないが、それは誤りで、格闘においても、冷静な方が勝つ。いや、というより怒ったら負け、と言った方が正しく、闘っている最中、熱くなって前後の見境を失い、「てめぇこのやろう、ぶっ殺す」などと喚き散らしながら遮二無二つかみかかっていけば、自ずと防備に隙が生じる。

そして冷静な相手が此の隙を見逃すわけはなく、情け容赦なく攻撃を加えてくる。そうすると腹を立てた側はますます興奮して怒り狂い、ますます隙が生じて、その結果、ますます殴られ蹴られ、関節を折られて、血と涙と鼻水を垂れ流しながら、もはや悪態もつけない、という悲惨な状態になる。場合によっては絶息することだってある。

これは個人の争闘のみならず部族間、国家間の争いにおいてもそうで、だから私たちは指導者を選ぶに際し、感情に流されやすい人物はこれを避けなければならない。

という訳で言葉でする論争においても実際の力でぶつかりあう格闘においても腹を立てると負ける。

これは芸術の分野においてもそうで、まあ芸術に勝ちも負けもなく、芸術の神の意に適っているかどうかだけだろうが、それにしたって、例えば画家が怒り狂い、「殺すど、こらあっ」とか言いながら画布に向かったところで、怒りに指が震えてちゃんとした線が描けず、よい画は描けないだろう。或いは政治、経済みたいなこと、或いはご近所さんとの関係、職場や学校での人間関係、親戚づきあいなどにおいても怒っている人は不利に傾く。

さらには色んな人が勝手放題に考えや気持ちを述べることのできるＳＮＳのような場所においてさえ戦略的に怒っているポーズをとるなら別だが、マジで怒り散らし、怒鳴り散らすような人は黙殺され、嘲笑すらされぬことが多いように見受けられる。

という訳で凡そ此の世で、腹を立てて得なことはなにもない。

しかしだからといって腹というものは勝手に立つものであり、立ってしまった腹を意志の力で横に寝かせるのはなかなかに難しい。

そこで修行かなにかをしたら腹が立たなくなるかと考え、禅寺へ行って教えを請うなどしたところで、中途半端に禅の知識を得てしまったためかえって頑固になってしまい、ますます俗世間に対して腹を立てることが多くなった、なんて人が私の知り合いにも居る。

つまり、心の奥底、感情の奥底から湧いてくる怒りをコントロールすることは不可能というわけだが、しかしこれを少なくすることは意外に簡単にできる。

どうやるか。そう、自分を普通以下のアホと認識改造することにより、心の奥底から湧き上がってくる怒りを格段に少なくすることができるのである。

なぜか。それももはやおわかりであろう。

世間など自分以外の一切に対して腹が立つのは、人権ということを喧しくいうようになった昨今、概ねは、自分が蔑ろにされた、と感じるときである。

旅館の玄関で笑顔で出迎えた番頭が、「おお、よう来たな。まあ、ゆっくりしていけや」と言い、美人の仲居が、「あんた、顔、貧相やなあ」と言い、挨拶に出てきた総料理長が、「面倒くさいから、お夕食、コンビニ弁当でええかな?」と言い、仲居が、「ええやんなあ?貧相やから」と言った場合、腹がかなり立つ。

しかし、それは自分を、普通、と思い、「この偉い客である俺に対してなんという口の利き方をするのか。この家の従業員教育はいったいどうなっているのか」など思うからで、自分を普通以下のアホ、と認識改造していれば、「ま、しゃあないか。実際、貧相やし」として腹を立てず、その結果、様々の局面において初手から有利な立場に立つことができる。

そして以下は念のために繰り返して申し上げるが、「いや、俺は貧相ではない。普通だ。持ってる物や身なりも普通、というかそこそこ値段の張るものだ。よってその貧相という断定は誤りだし、番頭の夕メ口も間違っている。誤りや間違いは社会正義の実現という観点からもこれを正さなければならない」と考えた人は、前回に申し上げた「普通」の基準値をもう少し上げる努力・エクササイズに取り組んでいただきたい。

という訳で、自分を普通以下のアホ、と認識することには、腹立ちを抑え、あらゆる局面において予め有利なポジションをとることができるようになる、というメリットがある。もう一度言う。自分を普通以下のアホ、と思えば、

一、少々のことで腹を立てなくなる。

というメリットがあるのである。

さあ、次にはどんなメリットがあるだろうか。次に、

二、学びにおいて多くの果実を手にすることができる。

　というメリットがある。どういうことかというと、自分を賢いと思っていると例えば、鰡山翔太著『うどんの基礎技法』（水車出版）という本を偶々手にとっても、「この賢い俺にうどんの作り方？　ほっほーん、ひとつお手並み拝見といきまひょか」と高みから見下ろすような姿勢で、「はっ、しょせんは鰡山とかいうボラが主食、みたいな男が言ってることでしょ？　くだらないに決まっててんじゃん」と思いながら読むから、いくらよいことが書いてあっても頭に入ってこない。

　これはなにに対してもそうで上の立場から、相手を評価してやろう、という態度では学びが捗らない。しかし、自分のことを普通以上のかしこ、と思っている人は、周囲が鈍くさく見えてしようがなく、「なぜ、こんな自明のことがわからないのかなあ、もー」という視点ですべてを見るため、同じものを見て、同じ話を聞いても、自分のことを、普通以下のアホ、と思っている人よりも学びは少ない。

　この二人が奈良公園に行き鹿を見た。自分を普通以下のアホだと思っている人は、知識としては知っていたものの実際に町中を鹿が歩いているのに驚愕し、その姿をマジマジと見て鹿センベイを購入してこれを鹿に与え、「おっほっ。意外な野性味が」と呟いた。

　自分を普通以上のかしこ、と自己認識している人は、「鹿を見ていちいち驚愕しているなんてさすがアホだ。鮨山のトモダチだ」とクールな姿勢を崩さず、鹿センベイも購入しないで中原中也の詩句を想起しつつ、そそくさと二月堂に行き、南都仏教に思いを馳せるふりをした。

　この二人のうちどちらがより鹿について実感をともなった学びを得たかというと、言うまでもなく、自分を普通以下のアホ、と自己認識している方である。

　このように、自分を普通以下のアホ、と自己認識することは、自分を普通以上のかしこ、と認識することから生じる虚無・退廃から自らを救い、より多くの発見と驚き、そして学びをもたらすのである。

酒をやめると人生の真のよろこびに気づく

人間は人間である以前に動物であり、自己を保存しようとする本能がある。なので自我を滅却するのは難しいし、比較的容易な自己認識の改造を行うのも容易ではない。

そこでそのためのもっとも簡単な方法として、自分を普通以下のアホ、とすること、を提案したが、どんな人間にも自分を大事にしたい心があるから、それもなかなかに難しい。

そこで、自分を普通以下のアホと規定することによる現実的なメリットをふたつ挙げた。

特に勉学において己を低くおくということは、己を高くおくより遥かに多くの学びを得ることができる。

それ以外にも人生の様々の局面で敗北感・挫折感を味わわないで済むし、ちょっとした人の親切や僥倖、いやさ、普通のことにたいするありがた味ということを感じることができて、人生がよろこびに包まれるという意外なメリットがあることを多くの人が知らない。

ことに西洋流の個人主義、積極主義がよいのだ、ということで、自分は賢児だ、有能だ、と臆面もなく自分を売り込まないと後回しにされ冷遇される、みたいなことに馴染めないことに気が付かないまま自分を賢児と思っている／思おうとしているとき、ふと、このメリットを享受すると、たまらなく解放されたように感じる。

それは病を得て初めて知る健康のありがた味を健やかなまま知るようなものである。

自分は損をしているのではないか？　能力に見合った報酬を得ていないのではないか？その分を誰かに掠め取られているのではないか？　そんな疑念を常に抱き、そうならないように監視・目配りを続けなければならない人生は既にして地獄である。

時の政権が自分を無視して冷遇する。この偉い俺を無視するなんて間違っている。と狂乱し、その狂乱のパワーと賢い智慧で、政権を打ち倒す。ところが新しくできた政権は、思ったほど自分を重用しない。こないだよりもっと狂乱して、また打ち倒そうとするが、あまりにも狂乱したため判断を誤って敗北し、流れ矢に当たって犬死にする。

或いはそれが嫌なので都からそんな遠くない山奥に隠棲して日々、嫌味なコラムを書き綴る。

楽しいか？　そんな人生。

楽しくないに決まっている。しかし、自分を賢児としてそれにふさわしいと自ら考える楽しみや快楽を模索し続けると必ずこんなことになってしまい、その苦しみを和らげるために酒を飲む。しかれども此の世に純粋な楽しみは稀少、それらは必ず人生の負債となってのしかかってくるのは既に私たちの見たところである。

このたまらない解放感は、ほんの些細なこと、川のせせらぎを聞いて、背中に日の温もりを感じて、風に揺れる草花を見て感じる愉悦とイーコールであり、これはなんの負債も伴わない、神からの贈り物、人生の予めの純利益である。

しかし巨額な債務を、痺れるような、というか実際に痺れる、強烈な酔いを知ってしまった私たちはもはやこれを感知することはできない。

けれども酒を飲まない子供の頃は日々、そうしたよろこびを感知していたことを私たちは記憶している。

自分を普通以下のアホと見なし、そしてその結果、自己認識改造を果たすことによって酒をやめることができるが、それにいたる過程で私たちが得る最大のメリットは、実はこの、些細なことによろこびを感じる感覚を取り戻すことができる、という点にあるのである。

いま私は恐ろしいことを言ってしまったような気がする。しかしこれは酒をやめた私の、現時点でのギリギリの実感である。もとよりそんな感覚を取り戻そうと思って、つまり負債を伴わない純粋な楽しみを得ようという目的を持って酒をやめたわけではない。

ただ、霊的な訳のわからないものに導かれて、自分でも説明の付かない、自分で自分を国道に突き落とすような状況で酒をやめた。

そうしたらこんなことになった、というに過ぎない。多くの偉大な発見が偶然を契機とするのにこれは似ているのだろうか。そんなことは私にはわからないが、結果的にそのようなことを知ることができたのはよかったことだといまは思っている。

なので卿等はこのことを酒をやめる目的・理由にすればよいと私は思う。

種々のメリットを感じながら普通以下のアホと断ずることによって自己認識改造を果たせば酒をやめられるというメリットがあり、酒をやめることには些細なことに最大のよろこびを感じるというメリットがあるのである。

さて、それのなにが恐ろしいのか。

それはそうすることによって虚無・退廃に陥ることである。

誕生と死は一対である。存在しなかったものが意志と無関係に此の世に現れ、多くは意志に反して消えていく。その間にあるものは幸不幸ではなく、また善でも悪でもなく、ただ苦痛と快楽だけである。そしてその苦痛と快楽もまた必ず一対となって現れ、美食や荒淫は後々の病苦となって人を苦しめるし、やり甲斐・達成感を感じる仕事は常に失敗や挫折と二人連れである。

地位や名誉、財産は「これをいつか失うかも知れない」という恐怖を孕み、若さや美しさも必ず衰える。

示したとおり、飲酒はこれのもっともわかりやすいもので飲酒で楽しみの反対側に宿酔や浪費、信用の失墜といった苦しみが伴う。

これをどのようにとらえるかは当人の人生観次第だが、いまはこれを廃する方法を示し、困難ではあるが概ね有効な方法を提示することができた。

しかし、どうせ人生がゼロの地点で釣り合うならば。そして貪欲に楽しみを希求してもがいたところで、その反対側に苦しみが残るならば。人はなにも努力しないで、どんどん衰退していく。「どうせやったって結果がゼロなら意味ないじゃん」ということになって、虚無退廃の淵に沈んで、薄暗い部屋に暗い目をして引きこもり、食事はすべてコンビニ弁当で済ませ、たまに出掛けると思えばスロットを打つ程度、本も読まず、映画も観ず、介護生活を夢見て、怠惰で無気力な人生を送り、しまいには飯も食べなくなって意味不明の笑いを浮かべつつ、悟りを開いた、などといった妄言を投稿していたかと思ったら、それも途絶え、家賃の支払が滞ったため管理会社の者が部屋に入ったところ、蓮華座を組んで衰弱死していたみたいなことになりかねない。

またそうした人が増加すると社会の活力が失われ、少子高齢化がますます進んで、産業も衰退し、数千年の栄華を誇った人類の文明が滅んでしまうかも知れない。

もちろん人類が滅んだからといって地球がどうなるわけでもなく、人間以外の動植物その他生命非生命にとってはその方が好都合かも知れないし、まして宇宙がどうなるわけでもなくて、なぜ人類が繁栄し続けなければならないのか、と問われると答えに窮する。或いはそうすると、この世を創り賜うた神の面子を潰すことになるからか。だとすれば心の底からそれを信じていない人間には関係の無い話である。

いやさだからといって、いますぐ人類の文明が滅んで原始の動物状態になるのは困る。なぜならそんな状態になったら此の世の苦しみがいや増して嫌だし、自分に連なる子や孫がそんな苦しい目に遭うのも可哀想だ。だからどうしてもそうなるならば、急になるのではなく四世代か五世代くらいかけて、徐々にゆっくりとなっていけばよい。ならないならならないで猶よい。

って私はなんの話をしているのか。そう、虚無退廃に陥るのはそうした観点から見てもよろしくない、ということだ。

だから、そのように、というのは自分が普通以下のアホと考えることによって虚無に陥らないための工夫が必要である。

そのためにはまず自尊心を失わない、ということであろう。テレ・ビジョンや中波ラヂオを見聞きしているとよく、円高とか円安といったことを言っている。

自分の国の銭で他国の銭を買おうと思ったらなんぼうかかるか。米国の銭一弗は何銭するのか。或いは何円するのか。それが前より多くなったら円安、すけなくなったら円高と言っているのである。

これが高いか安いかはいろんな会社の株式やら債券やらの値段にも影響し、また、外国になにかを売って儲けようと思った場合の儲けにはモロに影響があるので、国の舵取りをする人は皆、この円高とか円安ということを非常に気にしている。しかしそれは他の国も同じことなので、それをめぐって国と国との、なんというか、揉め、のようなことがよくあり、あからさまに自分の国の銭を高くしたり安くしたりしたら、他の国から「なにをエテカッテなことさらしとんじゃ、ぼけ」と言われ、集団でよってたかってボコボコにされる。それに対して「誰がエテコじゃ、ぼけ」と言い返すと戦争になる。

自己認識改造を行って自尊心を失わないようにするためにはこのことを知るべきであろう。以前に申し上げた通り、自己認識改造と人格改造は違う。認識を改めるということは自己をより正確な物差しでみつめようということで、その際、自己のあり方は改造前も改造後も変わらない。

なのでそこに卑下する心は生まれない。なぜなら自己を他と比べて無理矢理に低くしているわけではないからである。

自己を不当に低く切り下げて、その差益によって利益を得よう。賢児だと思われていれば少しばかり勉強してもあまり評価されないが、バカの振りをしていればちょっと増しなことを言っただけで「おおおっ、意外にやるやんけ」と感心され、三日拘束でギャラ一千万円の仕事が入るかも知れない。といったようなことを考えて自己そのものを切り下げればそこに人の顔色をうかがい、人に阿る卑屈な心が生じ、自尊心はみるみる失われて、一千万円では埋め合わせのつかぬ虚無感・喪失感が負債となって残る。そして現実には一千万円どころか一千円の仕事すらなかなかなく、「最低賃金以下やんかー」とか言いながら「大五郎」などをグビグビ飲んでしまうのである。

このこと、即ち認識改造を行いながら自尊心を保つことはとても大事なのでさらにお話しいたすことにいたしますことにいたしましょう。

とはいえ、自分を低くしすぎて虚無に落ちてはいけない

自分を正しく認識することにより自分を切り下げる。そのことによって酒をやめることができる。なぜなら自分が不当に奪われていると思わなくなり、その分の楽しみを恢復しようとする心がなくなるからである。

その他にも正しく自己を認識することには多くのメリットがあるが、これには虚無退嬰のリスクが常に伴う。どうせ俺なんてつまらない人間だ。生き甲斐なんて幻想、人生に意味も価値もない。意味なく生まれ意味なく死ぬ。だったら生きていても仕方がないけれども死ぬのも恐ろしいからやむなく生きるか、はは。ヒマだから人の悪口とか言おうかな。はは、意味ないけど。みたいなことになってしまう可能性がなくはない。

このことから、虚無退嬰に陥らぬためにはどうしたらよいかということのヒントが得られる。

というのはそう、なにごとも極端はよくないということだ。

いくら通貨安が都合がよいからと言ってそれが度を過ぎるのはよくないし、また激しく上がったり下がったりするのもよくないということである。そうするとそうした価格の変動につけ込んで儲けようとする人らのエサになり、自分で価格を制御できなくなって経済が崩壊して国が亡ぶ。

自分についても同じことで、あまりにも自分を低くしすぎて真冬、みんなで釧路の平原に建つ一軒家でストーブの近くに集まって暖を取っているとき、「いや、自分なんかは遠くでいいんですよ」と言い、ストーブから離れた、あまり暖かくないところにいる、くらいのことならまだよいが、「いや、自分なんか外でいいんですよ」と言い、外に出て行く必要はないということである。

そうした場合、どうなるかというと、「あいつ、外でいいんだって。なんでかな」「寒さに強いんじゃね？」「なるほど。じゃあ、服とかもいらないよね」「いらないと思う」「じゃあ、もらっちゃおうか」「そうしよう」ということになって服を脱がされて朝まで外に放置され、全身がカチカチに凍って死ぬ。或いは道を歩いていて、自分なんかは端でいいんですわ。とか言っているといつの間にかどぶ川のなかで四つん這いになり、言葉も忘れ自分の名前すらわからなくなっている。会議で、自分でもそこそこおもしろいのではないか、と思えるプランを思いついたが、どうせ自分の考えることだからたいしたことない、と発言を控えていると、後輩がまったく同じ意見を言い、それが上層部に絶讃されて昇進を重ね、自分は庭掃除に回された。

といったことがごくあたりまえに自分の身の上に起こる。

だから自分自身の切り下げはほどほどに行わなければならない。他国というか他人に比べてあまりにも安くなりすぎないように周囲の動向をよく見極め、あまりにも安くなりすぎたな、と思ったらその時点で自分自身を切り上げるような措置を講じるべきなのだ。

つまり極端に自分をアホにしないこと。あたりまえのことだが、虚無退嬰に陥らないためにはそれが必要なのだ！

というのは実は違う。虚無退嬰に陥らないためにやらなければならないことは実はそれではない。

ではなにか。いろいろと理屈をこね回したり愚にもつかない譬え話を書き連ねるのは男らしくないのでずばり言おう。それは。

他人と自分を比べることによって自分の価値を計ることの無意味を知る。

という一事に尽きる。「他国の通貨に比べて」自国通貨は高い／安い。「他人と比べて」自分はアホ／かしこ、ということになんの意味も無いということを知るべきなのである。

それを知れば虚無退嬰に陥ることはない。自分が阿呆であるか賢児であるか。自分が内面的に豊かであるか貧しいか。それと他人は関係が無い。それをこそ知るべきなのである。

それを知らないで、他との比較においてのみ自分を知ろうとすると、絶えず不安に脅かされることになる。なぜなら他人もまたそのようにして自己を計っているからである。

だから私が宗教家であれば人との比較において自己を知ろうとしてはならない、神との距離においてそれを知りなさい、と言うだろう。しかしまあ、自分のなかに尺度を見出すという意味ではそう違わないようにも思う。

そうすると、そのことによってのみ、というのはつまり、他人や世間との比較や、もっと端的に言うと財産の比較に拠らない自分を知り、その認識に基づいて目を凝らし、耳を澄まして初めて見えてくるもの、聞こえてくる音に気が付く。

そのときその音や景色がきわめて尊い、価値のあるものであることに気が付けば自ずとこれを大事にしたいという気持ちが生まれ、そうなったとき私たちは、それと気が付かず虚無退嬰からもっとも遠いところにいるのである。

そうしたところアアラ不思議、自分をアホと認識しながら同時に自尊、自分の生命とこの世界を同じくらいに慈しむ気持ちが生まれてくる。

実は自己認識改造の最終的な目的地は此処である。

といってでもいったんそこにいたったからもうこれでよし、という訳ではない。なぜなら人間である以上、どうしてもいろんなことを見たり聞いたりしてしまうからである。そしてそんなものを見たり聞いたりするとどうしてもいろんなことを思ってしまう。

そしてそのとき、「ふふふ。一般の人は僕が見ているような景色は見えないんだな。僕が聞いているような音は聞こえないんだな。気の毒な人たちだな」と他の人を哀れんだり、もっと言うと優越感を感じたり、もっと言うと蔑んだりしたら、その瞬間、他と自分を比べてしまっている、ということになり、得たはずの心の平安は急速に失われる。

尊かった音や景色が忽ちにして色褪せて、つまらない平凡なものに堕す。自分がアホであるということに耐えられなくなり、他人の悪いところをあげつらって、これを悪し様に言い触らすことによって精神の均衡を保とうとして、ますます危機に陥るなどする。それから先は言わぬが花でしょう。

そうならないために、いったんその境地にいたったのでもう大丈夫だ、と安心するのではなく、その境地にいたるのは一瞬であることを自覚して、他人と自分を比べ、世界と自分を対置的に考える、その考えが生まれる度に、自分自身の価値だけを信じるよう、微調整を加えなければならぬのである。

と言うと、「いやさ、そんな難しいことは僕ら庶民にはできまへんわ。仕事もあるし」と弱音を吐く仁もあらっしゃるであろう。

しかし心配はご無用である。私たちは色んな局面で実はそれに近いことをやっている。というか、そういうことをやるのが生きるということなのであって、なぜならいちいち対応するかどうかは別として、時々刻々、いろんなことが変化していくなかで私たちは生きているからである。

だから自分の心の変化を直視してこれに対応するというのはそこまで難しいことではない。世の中の無意味な雑音から目を背けるのと同程度の難しさで、ここまでともに歩んでこられた方なら比較的容易に実践できるだろう。

此処までを簡単にまとめると以下のようになる。不満があれば人は酔いによってこれを解消しようとする。酔うのは簡単である。人は酔いやすい。酒に酔い、他人に酔い、自分に酔う。酔えば一時的な満足が得られる。しかしそれはかならず後に不満足をもたらす。その不満足を酔いによって解消する。さすればまた不満足が生まれる。その不満足を酔いで解消する……、といった具合で切りがない。

そこでこれをあらためるためには、さしあたりの不満をなくすのがもっともよい。

そもそも不満が生じるのは自分が此の世で正当に遇されていない、と考えるからであるがそれがそもそも誤りであり、その誤りを知ること、乃ち、自己認識を改めることによって、現在の不満は消える。しかしそれは虚無に陥る認識である危険性があるが、そうした自己認識を持って眺める世界には、これまで聞こえなかった音や見えなかった景色があり、そのよさを識ることは自己のよさを識ることでもありそれによって私たちは虚無からも不満からも身を遠ざけることができ、そのことによって酒をやめることができる。ということになる。

さてこれまで私たちは先ず、なぜ酒をやめるのか、について考え次に、どうやって酒をやめるか、ということについて考え、ようやっと結論にいたった。次項以降は、酒をやめたらどうなるか、について考える、というよりこれについては、より具体的な事例、というのは私の身の上に起きたこと、についてこれまでよりも、ざっくばらんな、或る種の、日記・手記のような、またそして随筆のような筆致で記していこうと思う。

酒を断った私の精神的変化

十月というと秋口。一年のうちでもっとも酒のうまい季節である。というと十一月になるとうまくなくなるように聞こえるがそんなことはまったくなく、十一月の酒もうまい。いや下手をすると十一月の酒は十月よりもさらにうまいかも知れない。

そうすると十二月はどうなるのか。そして新玉の春。というとやはり、「一年のうちでもっとも酒のうまい季節である」と嘯（うそぶ）く。嘯いて飲む。

そして三月になっても四月になってもずっと嘯いている。要するに、どんな季節でも酒はうまく、いやさもっといえばどんな時候でも、どんな時節でも酒はうまい。

というより逆に、こんな時候だから、といって酒を飲み、こんな時節だからといってまた飲むのであり、雪見酒、花見酒、祝い酒、弔い酒といろんな名前が付いてはいるが、要するになにかあればそれを理由・言い訳にして酒を飲む。

じゃあなにもないときは飲まないということになるはずだがそんなことはなく、「いやー、今日はもうなにもないから。しょうがない。飲むか」と言って酒を飲む仕儀と相成る。
飲めば酔う。酔うと楽しくなる。楽しいと飲みたくなるからもっと飲む。そうするともっと酔う。そうするともっと楽しくなるからもっと飲む。これを無限に繰り返し、極点に達するまで飲む。極点に達するとそこから先のことは覚えていない。おそらくは爆発しちまったのだろう。

爆発しつちまつた楽しみに
今日も濁酒の降りかかる
爆発しつちまつた楽しみに
今日も風さへ吹きすぎる

爆発しつちまつた楽しみは
例えばジャージにサンダルで
爆発しつちまつた楽しみは
こぼれた濁酒で染みだらけ

爆発しつちまつた楽しみは
なにのぞむなくねがふなく
爆発しつちまつた楽しみは
倦怠(けだい)のうちに死を夢む

爆発しつちまつた楽しみに
げらげら笑い暴れだし
爆発しつちまつた楽しみに
なすところもなく朝がくる

かかる戯れをついしてしまうのが酒を飲んで楽しくなった際に現れる典型的の症状であり、私は二十三歳から五十三歳までの三十年間、一日も欠かすことなく酒を飲み続け、毎晩、ときには日中、甚だしいときは早朝から、このような症状に見舞われて生きていた。

それは私の生そのものであり、「人、酒を飲む。酒、酒を飲む。酒、人を飲む」という言葉どおり、我や酒。酒や我。今日をも知らず明日をも知らず徳利から酒を飲み続け、酒こそ我が人生、と言って言われて、爆発し続けていたのである。

そんな私がふっつりと酒をやめ、さあ、それでどうなったか。そのことについてざっくばらんに語っていこうと私はいま思っている。

なぜかというと、その私の実地の体験、身の上に起きた変化、やめてどうなったか、といったことが、もしかしたなら皆様方の参考になるかも知らん。と思うからである。

さあ、そういうことで実地の体験を述べていこう。もちろんそうして私の生活の中心にあった酒であるから、それをよすことでいろんなことが随分と変わった。

どんなところが変わったか。思いつくままに列挙すれば、先ずは身体面が変わった。それと同時に精神面が変わった。それと軌を一にして日常の生活パターンが変わり、そうしたことは仕事に影響を及ぼして、そうすると当然、家庭の経済面に変化の兆しが現れる。

これらはひとつのことが起こり、その影響を受けて次のことが起こるのではなく、互いに影響を及ぼしながら同時進行していくので、順序立てて話すのが難しいのだが、とりあえずひとつびとつの面、例えば精神面についてどんなことがあったかというと。

時期時期によって異なって、特に、最初の三日間、最初の一週間。最初の一か月、三か月、六か月目、一年目、あたりまではその時期によって精神面も随分と違っていたように思う。

ことに最初の三か月目くらいまでは、自分は禁酒しているのだ、自分は酒を断った人間だ。

自分は酒を飲まないということが強く意識せられ、自分の人生にもはや楽しみはない。ただ索漠とした時間と空間が無意味に広がっているばかりだ、という思いに圧迫されて、アップアップしていた。

そして反射的に、「こんなにも苦しい思いを和らげるためには酒を飲むしかない」と思い、「あ、そうだ、俺はその酒をやめているのだ」と思い出して絶望するということを七秒に四回宛繰り返していた。

そんなことでまともな仕事ができる訳はなく、例えば小説を書いても、主人公がたまたま入ったうどん屋で食べたおかめうどんに毒が入っていたため主人公が不慮の死を遂げ、やむなく副主人公を主人公に据えて話を進めるのだが、これも餅を喉に詰まらせて死に、どうしようもなくなって土砂崩れで全員が死に、奇跡的に生き残った七人がこの世の復活を願って「だんじり祭り」を執り行うのだがなにも起こらない。みたいなことになっていたのではないか、と推測するのだが怖くて確認できない。

そして日々を危機の感覚のなかで生きていた。その危機とは、「俺は酒を飲んでしまうのでないか」という恐怖であり、それは、「また酒を飲んでしまうダメ人間としての自分」を否応なしに認めざるを得ないという敗北感に直結する恐怖であったが、同時に、「こんな苦しい思いをして生きて、いったいなんの意味があるのか」という問いでもあり、それは脳内に響く、「いいぢやありませんか。今日酒を飲んだから明日死ぬという訳ぢやないんですから」という変なおばはんの声であった。

ことにそのおばはんは執拗で、いくら黙れと言っても、その囁きをやめず、言うことを聞かないでいると、その熱い身体をぴったりと密着させてきて、それでも剛情にしていると、ついにはテイクダウンをとり、腕を決めて放さない。そのうえでなお「いいぢやありませんか」と言いつのってやめない。

それをいつまでも耐えていると関節が折れる、というかそこまで耐えられるものではなく、たまらずタップ、というのはつまり小銭を握ってコンビニエンスストアーに走り、紙パックに入った清酒かウイスキーのポケット壜を購入する、というところまで追い詰められたのも一度や二度ではない。

それをどうやって乗りこえたかは「今も続く正気と狂気のせめぎあい」の項に詳述したので繰り返さないが、とにかくさほどに苦しかった。

けれども月日は過ぎる。

とにかく最初の三日間はそんな日が続き、一週間が過ぎ、一か月が過ぎた。私が酒をやめたのは十二月の末であり、ジングルベジングルベ鈴が鳴る、なンど言って人々がキリスト・イエス様のご誕生を祝うクリスマスであった。

町では人々が酒を飲み暴れ散らしていた。国中の鶏が虐殺され竈に入れられ照り焼きにされた。その頃、私はというと田舎の家で蜘蛛の巣を食べていた。というのは嘘。ごく普通の和食を食べていたが、蜘蛛の巣を食べるような苦しみを相変わらず感じていた。

ただ一月が経つうちに微妙な、普通にしていたら絶対に気が付かないような変化があった。それは、一日のうちで酒のことを考えている時間がごく僅かではあるが減少していた、ということで、それまでは起きている間はずっと酒のことを考えていたが、「あれ？　そういえば俺いま酒のこと考えてなかったな」と、ふと思う瞬間が生まれ始めたのである。

とはいうものの、それは一日のうちのごく僅かな時間で、やはり殆どの時間、焼けつくような酒への渇仰（かつごう）、に囚われ、「ああっ、酒、飲みてぇ」と呻（うめ）き、悶えていた。

そして年が明けて正月。これが最大の危機であった。

なぜなら正月というのは、昔に比べればそんな大袈裟なものでなくなったとはいえ、やはりおめでたい祝いの日で、祝いの日にはやはりやはりどうしても酒を飲むようなことになってしまうからである。

それも個人的な祝いであれば個人の努力でなんとかなるかも知れない。しかし正月というのは世の中全体でする祝いであり、世間全体が祝いの雰囲気＝酒を飲む雰囲気に充ち満ちている。

そして目の前には節料理という、どう考えても酒のつまみとしか思えない料理が並んでいる。そして、私が禁酒中であることを知らない人が年末に、「滅多と手に入らないおいしいお酒が手に入りました。あなたのような酒好きに飲んで貰いたいと思いましたので贈ります」という手紙とともに送って呉れた清酒がある。別に葡萄酒や三鞭酒を呉れた人もある。

私は正月の御馳走と幻の銘酒を前にして、「ここが俺の人生最大の難所だ」と呻くように呟いていた。

さあ、私はどういう挙に出たか。

断酒に「非常時」はない

断酒を決意してすぐに正月を迎え、世の中全体が酒を飲む雰囲気に充ち満ちたなかで私は窮地に陥った。

目の前には正月の御馳走。身の内には焼けつくような酒への渇仰。

こういう場合、酒徒はどのように考えるか。おそらく以下のように考えるだろう。

「もちろん断酒はけっして諦めない。しかしいまは非常時だ。だからいまは仕方ない。とりあえずいまは飲んで、そして三が日が過ぎたらまた断酒を再開すればいい。そういえば、近隣の再開発の問題はどうなったのだろうか。やはり再開、リスタート。そうしたことは人類にとって非常に重要なことだ。一度立ち止まる、立ち止まって考える。そういうことの重要性を認識しないと大変なことになる。一度決めたことだから、といって状況が変わっても推し進めようとするのは官僚の悪い癖。そうしたことの弊害を我々は嫌というほど見てきた。やはり正月という非常時にはそれなりの対応が必要」

そう考えた酒徒は三日間をへべれけで過ごし、その後、「まあ、松の内も非常時と言えば非常時」とか、「一月中はまだまだ警戒を怠るべきではない」など言って一月いっぱい飲み続け、二月に入れば、「節酒という概念を官僚は忘却している」など言い出して元の木阿弥、従前と変わらぬ飲みっぷりで人生を空費し続けるだろう。

なんてことは勿論なんの根拠もない推測であるが、まあ概ね合っているだろう。なんとなればまさにその時点で未だ酒徒であった自分自身がそのように考えたからである。

しかし結論から言うと、私は三が日を酒を飲まずに過ごし、さらにそれから後も飲まないで過ごすことができた。

いったいどうやったのか。

というのはまさに前項で述べた自己認識改造の技法、すなわち、「自分は普通以下のアホである」という正しい認識に基づいて行動する、という技法を用いて乗り切ったのであるが、しかしなんといっても正月という非常時であったので、それだけでは対抗しきれない世の中全体の流れ、というか風潮というか、世の中が一丸となって、「飲んじゃえばいいじゃん」と迫ってくる感じがあったのでそれに加えてもうひとつ、別の技法も用いた。

それは自己認識改造の技法を世の中全体に敷衍する、すなわち、「正月とはなにか」ということを（それが結果的に暴論・珍論であったとしても）正しく（または自分に都合よく）認識することによって、酒を飲まないでいようという試みであった！

それはいまも言うように必ずしも正確である必要はなく、まず私が考えたのは、

正月などというものは流れていく時間の任意の一点に過ぎず、特別な意味などなにもない。

ということであった。それが証拠に犬や猫は正月を祝わない。いつも通りの恰好でいつもと同じものを食べ、いつもと同じように過ごしている。もちろん酒も飲まない。

それをば殊更騒ぐのは、まあはっきり言って人間だけである。ミノムシ。ウミウシ。肉牛。乳牛。各種の鳥。世の中にはいろんなものが生きて動いているが、誰も正月なんて気にしていない。

じゃあ、なぜ人間は正月を祝うのか。

それは人間が暦というものを持っているからであろう。日が昇り日が沈む。これを一日と定めた。月の満ち欠けを見て一か月というものを決め、星の動きを見て一年というものを決め、それに沿って人間は生きてきた。だから一年には始まりと終わりがある。

じゃあなぜそんな暦みたいなものを拵えたのか。

それは多分、農業ということをしたからだろう。つまり春に耕して種を播いたり、夏草を取ったり、秋の稔りを収穫するために、暦というものが非常に便利だったのだろう。

だから農業をしている人にとってはいまも正月は意味のあるものなのかも知れない。だけど私はいま現在、農業をしていない。

厳密に言うと過去のある時期に農事を営んだことが実はある。けれどもそれはあくまで過去のことで、しかもその実態は自宅裏庭の、ほんの一坪ほどの家庭菜園で、しかも栽培した蔬菜は、充分に稔らないうちに、突如、襲来した虫によって食い尽くされ、私は荒廃した菜園に立ち尽くして、これまでにかかった費用に思いを馳せ、こんなことならスーパーマーケットで買ってきた方が遥かによかった、などとブツブツ独り言を言い、そのあと缶麦酒を六本も飲んだ。

これをして、農事を営んだ、と反対党の諸君が言うならそれはそれで構わないが、しかしそれも過去の話で、いま現在は営んでいない。だから正月なんて私には無意味である。

と言うと、「いやさ、そういうことではない。やはりこういうことは祭事・神事であって、そのことにこと寄せて、新しい年の初めを祝うものだ。ま、端的に言うと、一年の計は元旦にあり。幸先の良いスタートを切って、これからの一年が良い年であるように願う、ということだよ。だからみんなでニコニコ笑って、餅を食べて、初詣に行って、札をいただいて、てなことをするのさ。縁起がいいことをみんな願っているのさ。そんなことくらい、わかれよ。わかって、さあ、一杯やって人間らしくしろよ。日本人らしくしろよ」

と仰る方があらっしゃるような気もする。

そんなことは私とて言われずとも知っている。

知っているが、じゃあ正月を祝ったら必ずその一年がよい年になるのかというとそんなことは恐らくなく、猛烈に正月を祝ったのにもかかわらず、やることなすことうまくいかず、その年の暮れには一文無しの空っ穴。職も家も失って師走の町をあてどなく彷徨う、みたいな人もいるし、まったく正月を祝わず、普段となんら変わることなく仕事をしていたのに、なぜかすべてがうまくいき、六月には美女を娶り、十一月に叙勲されたという人もいるに違いない。

私の知り合いにそうした縁起のようなものを非常に気にする男がいる。

方位・方角。風水みたいなものはもの凄く気にするし、占星術や易断、姓名判断などにも週二で通っている。名前はこれまで四回変えた。神社めぐりとパワーストーン集めが趣味で、魔除け、護符、勾玉などを常に四十以上身につけている。

なんでも富と名声を得たくて、この二十年はずっとそんなことをしているらしい。

そんな男だから正月ともなると門松や注連飾りといったものは絶対に欠かさず、「どこの財閥の豪邸ですか」と問いたくなるくらい巨大なのをみすぼらしい玄関に飾る。

その他、田作りや昆布巻き黒豆煮〆などを手ずから大鍋で拵え、鏡餅なども厳密に飾りつけ、凡そ正月にする行事と呼ばれるものはひとつもおろそかにすることなくこれをおこのうている。

しかし彼はいっこうに富と名声を得る気配はなく、見た感じ、横ばい、と言いたいところではあるが、はっきり言って、じり貧、という感を否めない。

これらのことを総合すると、呪術としての正月には、もはやなんの意味も意義もない、ということになる。

ということはどういうことか。

つまり非常時でもなんでもない、ごくありふれた、普段となんらかわるところのないただの日、ということになる。

ということは。そう。別に正月が酒を飲む理由にはならない。そして。人生というものは特に楽しいものではないので、酒を飲んで無理に楽しくする必要もないし、楽しくしないと世に後れを取るということもない。というか、逆にそんなこともわからないで、欺瞞の楽しみに現(うつつ)を抜かしていると、そのツケの支払に後日、苦しむことになる。

以上の如くに正月の認識を改めて、私は正月の間、酒を飲まないでいるべく努力した。

もちろん飲みたいという気持ちがそれで消えるわけではない。

しかしいったんそういう風に思うと、飲むための理屈、飲むための道理、飲むための大義名分というものが消える。

人間はなにをするのにもそうした大義名分、道理のようなものが必要である。それが人間の人間らしいところであって、例えば猫にそうしたものはない。

自分がそうしたいと思ったことを理屈抜きで実現しようとして行動する。

しかし人間はそうはいかない。酒を飲みたいからといってただ飲むわけにはいかず、右に言ったように、たとえそれがきわめて疑わしいものだとしても名分論のようなものを捏ねくり回さないと飲めない。だからどんな大酒家だって飲酒狂だって、仕事中に堂々と酒は飲めない。なぜならそこに大義がないからである。だから隠れて飲む。

その大義をそうして完全に打ち毀したわけだから酒は飲めない。そのうえで飲むためには、「じゃかあっしゃあいっ。なにが名分論じゃ。俺は自由に生きる。自由が一番、自由が最高さ」と叫びつつ、みんなの属する世間とは別の、自分だけの世間、自分ひとりの世間というものを確立して公園で暮らすくらいの覚悟が必要だが、そんな根性のある奴が世の中にそうあるわけでもない。

という訳で私は三が日も松の内も酒を飲まないで過ごした。

序でに言うと節料理にもあまり手を付けず、なるべくファミチキや胡桃麵麭(パン)を食べるよう心がけた。

そのうち一月も末になり二十六日。気が付けば、私はまるまる一月、酒を飲まないで過ごしていた。

せんど暦に意味はないと言ったが、その期間、飲まなかったという事実は事実で、このことは精神面の大きな支えとなった。乃ち、「まるまる一か月酒を飲まなかった男」という称号を与えられ、私はそれを精神の拠り所とすることができるようになったのだ。

さて、しかしここでまたひとつ、とはいうものの依然として強大な飲酒欲求とは別に、私はひとつの難しい問いを問われることになった。

そはなんぞ。

周囲に禁酒を宣言するか、しないか。という問題である。

禁酒宣言をすべきかどうかの慎重な判断

どうしたって酒を飲みたい雰囲気の正月を乗り切り、まるまる一か月酒を飲まないで居ることができたのは私にとって大きな自信になった。

正月でさえ酒を飲まなかったのだから、そこいらの凡庸な二月とか六月、恐るるに足らず、という勇ましい気持ちになったのである。

といってでも酒を飲みたくなったかというとそんなことはなく、日に何度か、酒を渇仰する気持ちが身の内から湧き上がっていても立ってもいられなくなり、ついコンビニエンスストアーに走って、いつも買っていたカップ酒かパック酒、またはポケット壜を買いたくなる。

というか油断していると禁酒一か月の祝いに一杯、なんて普通に思ってしまう。

それでも剛情に我慢しているうちにひとつの問題に突き当たった。というのは自分がいま酒を断っていることを周囲に宣言するかどうか、という問題である。

昔から、社会的動物、なんてことが言ってあるように、人間というものは周囲の影響を受けやすい。というか周囲と無関係に生きることができない。

駕籠に乗る人担ぐ人。そのまた草鞋を作る人。そうした連環のなかで人間は生きており、孤独をかこつ人、孤高を気取る人もその連環から外れることはできない。

だから人の評判や評価が気になる。

前項で自他を比較して被害者的な気持ちになることの愚について述べたが、それはなにも他といっ切の関係を断ち切って生きよ、という意味ではない。

道で会ったら「こんにちは」「こんばんは」。世話になったら「ありがとう存じます」。祝儀不祝儀のお付き合い。町内の祭礼・どぶさらえ。そうしたことはどうしても必要になってくる。

「えええええええええええっ？　管理組合の理事長？　俺、忙しいから無理っすわ」

など言って自分だけは面倒から免れようとする。そんな生き方は私は推奨しない。

だから酒をやめたのならやめた、と。それはやはり言う。それが周囲に対する礼儀というものだ。だってそうだろう、周囲には、一緒に楽しく呑み、遊んだ仲間も居る。或いは酔って迷惑を掛けた人も居る。楽しい時間、悲しい時間。そのいずれをも共有してきたのだ。

それをば、黙ってやめる、という法があるものか。

まあもちろんなかには、「なるほど、そうか。それはめでたい。やはり酒なんか飲んでろくなことは無いよ。それはいい。じゃあ、おまえが酒をやめた記念に一杯やろう」なんて邪魔をしてくる悪友も居る。けれども大抵は、

「なんだって？　一か月の間、一滴も飲まなかったのか？　しかも正月に？　それは凄い意志の力だ。おまえは意志が強いなあ」

と言って称賛するに違いない。

そういうことも考え合わせて、やはり、周囲に、酒をやめた、と宣言する、のがよいようにも思われる。けれども、そう考えて猶、宣言すると、宣言したことが自分に重くのし掛かってくる。俗に言う、プレッシャー、になる。

やる、と言った限りは、やる。そういう方法論を私は好む。だから、やるやる、と言って結果的にやらない人間を私は軽蔑する。

かつてなにかと言えばすぐに周囲に宣言をする友人がいた。それはときに不可能ではないか、と思われるような壮大な計画であった。

だから友人たちは、彼がそんな夢に挑戦するのなら友人として協力しよう、と考え、なにくれとなく彼を支援した。

ところが当の本人はというと、宣言して暫くの間は、「苦しい。大変だ」とか、「実現のた

めには○○がどうしても必要だ」とか「もう駄目かも知れない。でも頑張る」とか、「いい感じになってきたけど膝が痛い」などいろんなことを言って大騒ぎをする。ところが。

いつの間にか発言が少なくなり、友人たちもそれぞれ忙しいから、そのことだけを考えているわけにはいかず、あまり話題にしなくなり、そしてみんなが当初の熱量や思い入れを失った頃を見計らって、

「やはり四か月で大長編小説を書き上げるのは難しくなった。でも十五年以内に必ず仕上げるから」

と発言して周囲をしらけさせる。そして暫くするとまた性懲りも無く、

「三か月で二十キロ痩せる」

「製作委員会を立ち上げ三千万円集めて映画を撮る」

「コンゴに移住してミュージシャンになる」

「三味線を習う」

「二つ星シェフになる」

など様々の宣言をして、次第に周囲に相手にされなくなり、親しかった友人もひとり去り二人去りして、いまでは消息不明となり、友人が集まっても話題の端にも上らなくなっている。多分、どこか遠い土地に行って孤独に暮らしているのだろうが、そんなことになってし

まった、そもそもの原因はいちいち宣言をしたからで、宣言さえしなければこんなことにはなっていないはずである。

というのはだってそうだろう、「私は三味線を習う!」と言うから周囲は、「ああ、あいつもついに三味線を習いに行くのだな。素晴らしいことだ」と思って期待し、期待を裏切られて落胆する。

ところが最初から宣言しなければどうなるだろうか。

宣言しない限り、周囲は彼が、三味線を習おう、と計画していることを知らないから別に習わなくてもなんとも思わないし、習わなかったからといって、「口先だけのクズ人間」とも思わない。だって知らないのだから。

そしてもし仮に習ったら、「おおおおおっ」と感心・感嘆する。或いは急に気が変わって三味線ではなくマンドリン、或いはもう、キムチ作りを習いに行ったとしても感嘆こそすれ批判することはない。

そういう風に考えれば宣言しないに越したことはない。にもかかわらず人はなぜともすれば宣言をしたがるのか。それは右に言ったプレッシャーに関係する事柄であろう。

どういうことかというと人間というのは弱いもので、どうしても自分に甘くなる。だから周囲に宣言してしまった以上、やらなければならない、という圧を自分にかけるために宣言するのである。

　こういうことは国の政策についてもよくあることで、政府としてはその政策をどうしてもやらなければならないのだけれども反対する人があってできない場合、外国にそう言ってもらう。そして国内には、「俺だってやりたくはないが外国が言ってくるんだから仕方ないだろう」と言って無理にも納得してもらう。これを外圧と専門家は呼ぶ。

　つまり自分を追い込むためにあえて外側から圧力・プレッシャーをかけ、自分の判断だけでやっていればつい自分を甘やかしてできないこともできてしまう。

　宣言することによってそうして自分を追い込み、所期の目的を達成することができるのである。

　とはいうものの。人間にはできることとできないことがある。いくらそうやって追い込んだところで、四か月以内に河馬に変身します。なんてことはできない。

　どうしたってできないことについて圧をかけられると人間はどうなるか。恐ろしいことになる。例えば、そもそもあまり賢くない子供に親が、「どんなことがあっても東京大学法学部の試験に合格しろ。さもなくば飯を食わせない」など言って圧をかけたらどうなるか。

　頑張っても頑張ってもできないことに苛立った子供は、ついにその心の駒が狂って、引き籠もりになるくらいならまだよいが、人の嫌がるパンクロッカーに成り下がって世の中に迷惑と騒音を撒き散らす、なんて最悪の事態を招きかねない。

だから宣言するにあたっては、宣言して自分に圧をかけることがよい結果をもたらすか否かについての慎重な判断が求められる。

という訳なのだが、さて、この時点で私は周囲に宣言しただろうか。しようと思えば社会ネットワークというものが広く普及したいまは普通の人間でもかなり広範囲の人にこれを知らしめることができる。

結論から言うと私は宣言をせず、もっとも近しい身内にさえ禁酒のことを言わなかった。なぜか。もちろん綜合的に判断したからだが、もっとも大きかったのはやはり、東郷平八郎元帥の教えというものが幼き頃より自分のなかに深く浸透していたからである。それすなわち。

不言実行、である。

というのはまあ、こんなことを言うとフェミニストの人にどつき回されるかも知れぬが、やはり男というものは黙っている方が全体的に恰好よく見えるし、なにかをするにしても予めペチャクチャと能書きを言ってからするよりも、黙って実行した方が女にも持てるような気がするから。

ご婦人に、「ちょっと棚を吊ってくださらない?」と依頼され、「棚の歴史」「棚の構造」

「棚と文学」「なぜいま棚なのか？」なンどについて語るばかりでなかなか吊らず、喉が渇いたから茶を呉れなど言う奴と、なにも言わず道具箱を持ってきて、棚を吊って黙って帰っていく奴とどちらが婦(おんな)に持てるだろうか。考えるまでもないことである。

もちろん私は女性に好かれようと思って酒をやめた訳ではないが、わざわざ軽蔑されるようなことをする必要はないし、それでやめられなかった場合、周囲の人格的な評価が低下するのは明白で、なにもそんなリスクをとってまで宣言をする必要はどこにもない。

その後、禁酒三か月の時点で、周囲に酒をやめていることを語ることになるが、そのときも、「実は三か月間、酒を飲んでないんだよね」と言うに留め、禁酒したとは宣言しなかった。

私が、酒をやめた、と明確に言うようになったのは禁酒後一箇年を過ぎて以降である。ひとつご参考になさっていただきたい。ただし。だからといって女に持てた訳ではないことを申し添えておく。

三か月間、酒を一滴も飲まなかった男の自信

三か月というのは人間にとってなになのだろうか。そんなことは私にはわからない。わかってたまるものか。ただ禁酒にとって三か月というのは二つの点で大きな意味を持つ。

ひとつは、禁酒が長くなるにつれ、酒のことを考える時間が次第に短くなっていく、ということは既に申し上げたところであるが、三か月も過ぎると、酒のことを考えない時間が、グン、と伸び、下手をすると丸一日酒のことを考えなかった、なんて日もあって、以降、加速度的に酒のことを考えない時間が長くなる、そういう意味で三か月がひとつの画期であるという点である。

なぜそうなるのかは専門の学者とか医者とかに聞いてみないとわからないが、世間的な見地から言うと、やはりなにごとも三か月というのがひとつの目安となるからだろう。

例えば、バイトやなにかするのでも三か月間の試用期間なんてのがある。三か月間、試しに雇ってみて使いものになりそうだったら、本式に採用、となる。

企業業績やなんかも四半期ごとに判断する。四半期、すなわち三か月ごとに計算して売上が低かったり、あっても利益率が低かったりすると、経営者は焦る。焦ってあらたな経営戦略を打ち出し、次の三か月のさらなる業績悪化を招くのである。

本やなんかでもそうである。発売して店頭に並べて三か月くらい経つと、その本が爆発的に売れて、おもしろいようにカネが儲かるか、或いは、そうでないかがわかる。だから本の著者は三か月くらいの間は、「売れて莫大な印税が入ったらマンションのベランダで牛とか飼おうかな。そして毎朝、新鮮な乳、飲もかな」などと夢を見る。夢を見てろくに仕事をしない。だから担当編集者も仕方がないので三か月は、「牧草ってネットで買えるんですかねぇ」なんてテキトーに話を合わせ、三か月後、渠が現実に戻ってくるのを待つ。

という風に三か月という期間は人間にとってひとつの大きな節目で、禁酒も同じこと。春夏秋冬、ひとつの季節を飲まずに過ごすと、次の季節は実際上、（前に比べれば）随分と楽な禁酒生活を送ることができるのである。

もうひとつは、三か月の長きに亘ってただの一滴も酒を飲まなかったということは、達成感において正月の約六倍を、自信については正月の約十倍を得ることができるという点である。

もちろんこの数字は客観性を欠くが、そもそも自信や達成感というのは主観的なものに過ぎず、実はこれでもかなり気を遣った数字で、そのときの実感を申すならば、達成感は十倍、自信は十五倍くらいあったのである。

「三か月間、一滴も酒を飲まなかった男」

自分はそんな素晴らしい男になったのだ。こんな素晴らしい男は、こんなに意志の強い男は歴史上にもまれなのではないか？

ってそんなことはないのは重々わかっているし、その辺のしょうむないおっさんでも下戸であれば、三か月どころか十年も二十年も飲んでいないのかも知れない。

それを知りながらも誇らしい気持ちになる。それが右に申し上げた三か月の魔力である。

或いはまた、ユダヤ教のナジル人、なんて言葉が頭に浮かぶ。浮かんだだけでよく知らないので、インターネットのフリー百科事典、Wikipediaによると、神に特別な誓約を捧げて、葡萄酒や葡萄酢を口にしたり、散髪をしない。親が死んでも葬式に行かない。なぜなら穢れるから、みたいな、非常に偉い、神に選ばれた人、的な人で、預言者や福音書の最初の方に出てくる洗礼者ヨハネ、そしてまたあの有名なイエス・キリストもナジル人だったかも知れぬ、と書いてあるのである。

ということは、まあもちろん、自分は預言者である。自分は神によって聖別された。なんて妄想狂みたようなことはさすがに三か月経ったからといって思うわけではないが、まあ、凡人ではないよなあ、くらいのことはどうしても思ってしまう。

しかしそれは同時に危機でもある。なぜならそのとき、他人と自分を比較して、相対的に自己を捉えてはならない。自分をつまらぬものとも、偉大なものとも考えず、その正確な価値を知らなければならない。むやみに恨んだりむやみに誇ったりしてはならない、という禁酒の方法論をこのとき閑却してしまっているからである。

そしてそのことは以下のような形で現れる。

「いやさ、俺も頑張った。こんな頑張った人は古来稀。それほど頑張った人は褒美をもらって当然だ」

「褒美ってなに？　金？　女？　名誉？　そりゃ欲しいよ。欲しいけどそれらは簡単に手に入るものではないし、そして禁酒っていうのは個人的な事柄だから他人には関係ないこと。だから褒美は自分で自分に与えなければならない。俗に言う、自分へのご褒美ってやつさ」

「それはなんだろうか。高価な腕時計か？　はたまた二泊旅行か？　否否否。僕が欲しい褒美はそんなものぢゃあない。そんなものぢゃあない」

「じゃあ、なんなのさ。決まっているだろう。主の血だよ。ワインだよ。ワインがないならホスケでさあ。ホスケがないならどぶろくじゃ。どぶろくがないならメチルだっていいんだぜ。いいんだぜ。君がアル中でも、いいんだぜ。いいんだぜぇえ（引用：中島らも「いいんだぜ」）。って、酒だよ、酒」

「もちろんそれで禁酒がアジャパーになることはわかってる。しかし私をなめてはいけない。私は聖別された人間。三か月禁酒を達成した偉人である。いま一日飲んだからといって、なんの問題があろう。また明日から三か月、否、否否否。六か月飲まない、なんてことは僕はできます。僕には実績があります。実績を見てください。実績で判断してください。思い込みや偏見でものを言わないでほしいんです」

ということがなぜ克明に訣るかというと、私自身がそのように考えたからである。つまり、以前のような灼けつくような欲求・渇仰はないが、達成感がかえって酒への志向を生み出すという状態になったのである。

そしてそのとき、つまり、その年の三月。もうひとつの危機が私を見舞った。

其は一泊二日の気仙沼旅行である。

御存知のように人間は旅行に出ると気が緩むというか、まあはっきり言うと酒を飲みたくなる。周囲の人間を見ていると、こういうのをフライングというのだろうか、行きの列車の中でもう飲み始めている人もいる。

或いはまた回教には、日常、守らなければならない戒律があり、断食などもしなければならないが、宗派によっては旅行中は断食はしなくてよいことになっていると聞く。

私は回教徒ではないが、しかし教えを守って正しく生きる回教徒ですら旅行中は厳格でない。ならば回教徒でない私はもっと厳格でなくてよく、酒などというものはむしろ率先して飲むべきと、こんなことは旅行に行くと決まった、その瞬間に頭に浮かんだ。

しかも行き先は全国的に有名な漁港、気仙沼である。

「背伸びしてみる回教。今日も禁酒が遠ざかる。あなたにあげた銭を返して。港、港、函館。迎え酒」

というのは森進一のヒット曲「港町ブルース」の替え歌であるが、そんな節が頭に浮かぶ。既に一杯機嫌なのか。それとも知能があまりないのか。

というのは勿論、物見遊山の旅ではない。依頼を受けてする仕事の旅である。だから一般の観光旅行のように弛緩して酒を飲むということはないと思われる。ところがここにちょっと変わった事情があって、仕事には違いないが、その仕事内容は、様々なところを観光して回るその様子を同行のスタッフが写真撮影したり文章に綴ったりするという仕事で、仕事には違いないが、その内実は一般の観光旅行と少しも違わぬのである。

だから食事やなんかでも、仕事ならばコンビニエンスストアーで弁当かカップ麺を買ってすますか、いっそのこと食べない、なんてこともできるのだけれどもそれはNGで、昼も夜も御馳走を食べなければならなかった。

それも普通の御馳走ではなく、都心の最高級店でも滅多にお目にかからぬような、豪勢な海の幸がふんだんに並ぶ、「この局面で日本酒を飲まない人がいたとしたら、その人は頭がおかしい」みたいな食膳の前に座らされた。

そして実際、私の頭は飲酒欲求によって少々変になった。

もはやこれまで。三か月目であるし、旅先だし、海の幸だし、非ムスリムだし、頭おかしいし、とりあえず今日は飲もう。そして明日の朝早く、三陸の海に飛び込んで死のう。それが一番だ。餓えた海鳥の餌となるべく断崖から飛び降りる。捨身飼鳥ってやつか。

私はそんな言葉を頭の中で呟いていた。

そんなときある状況が私を救った。それは同行の二名が完全な下戸であったという状況である。食事の際、「酒を頼まなくてよいのか」と問われた私は小声で、現在断酒中であることを告げた。そのとき同行の某氏は私にこう言った。

「どのように考えても、酒を飲んでよいことなど、ひとつもない」

「私は以前からそう考えている」

という訳で私は間一髪で虎口を脱し、三名で平和裏に水だけを飲んで旅先の夜の食事をすますことができ、当然、翌日も一滴も飲まずに家に帰り着いたのである。

このことが私にさらなる自信と達成感を齎(もたら)したのは言うまでもない。

このことを心の支えに、私はこの後、断酒半年という金字塔をうち立てることになった。

噫(ああ)。この私が半年も酒を飲まないなんて。

濁酒地獄に喘いでいたときはそんなことは想像すらできなかった。その後、私がどんな人間になっていったか。どのような利得を得たか。次はそれについて申し上げることにいたしましょう。

酒なしでご馳走を食べる気にならない

断酒半年。この素晴らしい事業を達成した私は自信と誇りに充ちあふれていた。しかしだから自信と誇りに充ちあふれていつも笑顔で暮らしていた、ということはなかった。

表面上はいつもと変わらぬ、と言いたいところではあるが酒を飲んで御陽気にならない分、陰気でしょぼくれたおっさん味が増し、女に持てる心配もないのを身の仕合わせと心得、うす暗い文章道を、ひとりでトボトボ歩いていた。

けれども内心にはいまいったような自信があった。

しかしそれはあくまでも心の内の問題に過ぎなかったのである。

とはいうものの。「おっ」と言われることがあった。「おっ、なんか、ちょっと痩せはったんとちゃう?」と言われるのである。

それも一人や二人ではない。といって三十人でもないが、十三人くらいの人に、「なんか痩せはったんとちゃう?」と言われる。

というのは間違いなくよいことである。なぜなら昨今の情勢を鑑みるに肥ってドテッとしているより痩せてシュッとしている方が好感が持たれるというか、まあ、はっきり言って女などにも好かれる傾向にあるからである。

しかも私のような年をとった男＝おっさん、が肥満していた場合、極度に厭悪され、迫害・差別を受ける。しかし、これを糾弾することはできない。なぜなら、おっさんはおっさんでそれなりの下心を持っているからである。

と言うと、「いやそんなことはない。私は相手が誰であれ、その個人の尊厳を尊重しているのでエログロナンセンスとは無縁だ。私は君子だ」と言う人が現れる。けれどもそういうことを声高に言う人に限って陰でえげつないことをやっていることが多い。

と言うと、「いや、そんなことは俺はしない。いやさ、考えたこともない」と仰る高士が現れ、実際にそんな場合がある。そのときは謝る。というか念のために、先に謝っておく。

「すまん。許してくれ。俺が悪かった」

って僕はなんの話をしているのか。ってそう、肥ったおっさんは迫害され、それに抗弁できぬ、ということだった。

ということで、肥っているよりは痩せている方がなにかと便利な世の中で、「ちょっと痩せはったんとちゃう？」と言われることは善きことと考える。

そしてその痩せた原因は、というと他になにをした覚えもないので間違いない、禁酒・断酒の効能である。

なぜ酒をやめると痩せるのか。私は専門家ではないのでよくわからないが、インターネットで禁酒者の体験談を読むと、酒をやめたら痩せた、と報告する人は多い。これ以降は推測だが、つまるところ、おいしい酒にはどうしてもおいしいお料理というものがついてきて、酒を飲むとどうしても飲まない場合に比べて食べる量が増すのではないだろうか。

自分の場合などもそうで以前は貧乏なくせに上等の肉や魚をよく食していた。これ偏に旨い酒を飲みたいという酒餓鬼の心ゆえで、山盛りの大トロをお菜に丼飯をバクバク食す、なんてことは断じてなかった。

そしてそのことが、つまり旨い肴と旨い酒というものが一対になっているということが人生の習い、主義・信条となっていたので、いざ酒をやめると単独でうまいものを食するということはなく、私の食膳から御馳走が消滅、そのことを不満に思う気持ちもなかった。

「酒も飲まないのにそんなもの食ったたって意味ないだろう」って訳である。

その結果、私は極度の粗食家になり、その結果、体重が減少した。

というのは私に限った極端な例かも知れぬが、しかしそれにしても多くが体重の減少を報告している。

ということを肝臓の働きから説明する人もあった。どういうことかというと、飲んだアルコールは肝臓が分解してくれる。なので私たちは酒を飲んでも死なない。しかしそのとき、肝臓はけっこう苦労するので他の仕事ができなくなる。その結果、代謝の働きが鈍くなって肥満する、というのである。嘘か本当か知らないが、まあそんなこともあるのかも知れない。

しかしまあ私の場合は体重が減って人に、「痩せはったんとちゃう」と言われるようになった。そこで試しに体重計に乗ってみると八瓩がとこ体重が減少していた。

八瓩というのは例えば小型犬一頭の体重に匹敵する重量で、常に小型犬一頭を身体に巻きつけて生活していたのかと思うと、楽しいような部分もあるが、やはり重いし、できたら自分で歩いてくれないかなあ、という気持ちの方がどうしても強い。

そして常に身体に巻きつけていた小型犬が急にいなくなったのだから、周囲の人がすぐに気がつくのは当然である。

さあこれで肥った醜いおっさんとして迫害・差別されることはなくなった。そこで私はそこからさらに一歩進んで女に持てるようになったかも知れないと考え、いけてるおっさん感が漂うように気を配りつつ、人の集まる場所に積極的に出掛けていき、気障なポーズをとったり、ジョークを口にして人を笑わせるなどしてみた。

そうしたところ顔見知りの女が向こうから近づいて来た。早くも効果が現れたのか！　と驚いているとその女は眉を顰めて言った。

「暫くお目にかかりませんでしたが……、どこかお悪いんですか？」

「ぎゃん」

私は一声哭いてその場から逃げ帰った。私は、私くらいの年齢になると痩せても、痩せて美しくなった、と思われるのではなく、患っている、と思われるのが普通である、ということを忘却していたのである。

しかしまあ実際は患っているわけではないのでこれは心の外に現れた、善きこと、禁酒の一得である。私はかつて私がパンクロッカーであった時代に着ていた服を着て「俺はアナーキストだ」と叫ぶこともやろうと思えばできるようになったのである。

しかしその他にはどんなことがあったのか。単に体重が減少しただけか？　というとそんなことはなく、実に様々なことがあった。

例えばこれも科学的根拠のあることではないが脳が少しよくなったように思われる。前は脳が非常になんというか酒漬けで、まあ或る種、粕漬けのような状態になっていた。

そのことを教えてくれたのは私方で使っている石油ファンヒーターである。

この石油ファンヒーターは実に腹立たしい石油ファンヒーターで、一酸化炭素中毒を防止するために三時間以上連続して運転することができない。

　じゃあ三時間経ったらどうなるかというと、タイマー装置が作動して自動的に停止するのである。はっきり言ってこんなものは隙間風が吹き込む安普請の私方にはまったくもって無用の装置で、解除してしまいたいのだが、出荷時から組み込んであって絶対に解除できないようになっている。しかしまあみなみな隙間風が吹く家に住んでいる訳ではなく、世の中には気密性の高い立派な家に住んでいる方もたくさんおらっしゃる。だからまあこうした装置が組み込んであるのも仕方のないことだ、とは思う。けれども絶対に許すことができぬ一事がここに存するのは、停止するなら黙って停止すればよいものを、この甘えきったクソ野郎は停止するに際して、メロディーを垂れ流す。しかもその節が、「ラブ・ミー・テンダー」の節なのである。

　つまりこのクソ野郎は自己都合で勝手に運転を停止しながら、「自分は運転をやめる。でも愛してね。優しく愛してね」とほざきやがるのである。これが人間ならとっくの昔にぶち殺している。しかし、石油ファンヒーターなのでそういう訳にもいかず、冬の寒い夜、ガタガタ震えながら酒の力を借り、ようやっと眠りについた私は三時間ごとに、このいまいましい「ラブ・ミー・テンダー」に起こされてきた。そして翌日は宿酔に睡眠不足が加わって、起きた時点で既に脳が労(つか)れていて、ろくな仕事ができず、私の世間的な評価がグングン下落していった。

しかるに酒をよしてからは、「ラブ・ミー・テンダー」によって深更に目覚めることがなくなった。なぜか。普通に考えれば眠りが深くなったからで、なぜ眠りが深くなったかというと粕漬けのようになっていた脳から酒粕がとれたからだと自分では思う。

そして夜中にラブ・ミー・テンダーと歌う痴れ者の声を聞くことがほとんどなくなり、宿酔も睡眠不足もなくなった。だからといって石油ファンヒーターを許すわけではないが、脳から酒粕がなくなったので心にも「ゆとり」が生じ、「やさしさ」「ぬくもり」といった概念が自分のなかに芽ばえてきて、前ほど殴りたいとは思わない。でも少しは殴りたい、と思うところをみるとまだ少なからぬ酒粕が残っているのだろう。

そして肝腎の仕事の方はどうか、というと、まあ世間的な評価がグングン上昇するということはいまのところない。ないけれども自分としては思考が一段、深くなったというか、酒を飲んでいる頃には酒粕に邪魔されてつながらなくなっていた脳の Wi-Fi がつながって、各部署間の連絡がスムーズになり、みんながストレスなく仕事ができるようになったように思う。

まあそれも主観的なものであるが、宿酔がなく眠りが深いだけでも、時間あたりの仕事の出来高が上がることだけは確かであると思われる。

自分の場合で言うと、「今日はこれくらい進めばよいな」と予測して始めた仕事が終わってみれば予測の一・五倍から二倍程度進んでいるという感じである。

ということで、まずは体重の減りと睡眠の質の向上について申し上げた。

引き続き変化について申し上げる。

ああ、素晴らしき禁酒の利得

酒をやめて痩せるということがかくも確実なのであれば、『禁酒で無理なく痩せる！　絶対確実禁酒ダイエット（睡眠の質もみるみる向上！）』（ゴリマル出版）といった本を出し、百八十万部かそれくらい印刷した上で、これをすべて売却することによって莫大な利益を上げることができる。

だから私も一時はこれをしようと思ったがやめておいた。

その理由はいろいろだが、そのひとつにカネが儲かったところで使い途がないというのがあった。というとそんなことはないでしょう。カネがあって邪魔ということはないし、老後のことを考えればたくさんあった方が安心でしょう。と親切に教えてくださる方があり、ありがたくて涙が零れる。

ただお言葉を返すようで申し訳ないが、使い途もないのに苦労してカネを稼ぎ、普通預金に預けて税金を払うのはどう考えても損だし、老後のためといって、しかしその間に万が一、インフレーションが起こった場合、価値がガタ減りして、老後資金にはとうてい足りない、ということになるし、仮にそうならなかったとしても、「そうなったらどうしよう」と怯えて暮らし、ついに恐怖に耐えきれなくなって、他の金融資産も買っておこう、と考えて買い、その結果、大損をしてすべてを失うというか、充分な知識を持たぬので大幅な負債を抱え込み、やむなく破産、陋巷に窮死、ということになる可能性がゼロではないというか、高い。

また、別の理由として、出版社が我が儘を言って百八十万部を印刷しない、という理由がある。だったら十八万部くらい印刷してくれるのかな、と思ったら、いやさ、それすらしてくれない。「じゃあ、なにもしかして一万八千部？　すくねーなー」と言ったら、「いやいやいや」と言うので、いったいどういうことなのか、と訝っていたら、「そんなものは売れないに決まっているので、そもそも印刷しません。いったんご自宅に戻り、洗顔してから、一昨日にいらっしゃってください」と言われるのである。

そうなった場合、せっかく書いた労力がまるまる無駄になる。ならば初手から書かない方が賢明である。

しかしそんなことを冷静に考えられるようになったのもまた禁酒の一徳であるかもしれない。というのは酒をやめたことによって日々、遣う金が随分と減少したからである。

といって先ずわかりやすいのはほぼ毎日、費消していた酒の代金である。

私は人里離れた山中に住んでおり、家の近所の居酒屋、小料理屋、スナックの類に参って飲酒する習慣はなく、酒屋からとった（というのは文飾・修辞、本当は籠をぶら下げて自らスーパーマーケットに参り買ってくる）酒を晩酌するのが常であったので、そうカネはかからなかったと思うが、それにしたって月額、年額にしたら大した金額になるだろう。

一日平均、そうさな、三千円くらいは酒類を買っていたのではないだろうか。そうすっと、月で約九万円、年額にすると百八万円。人間の煩悩の数は百八つ。これを二十五年続けると二千七百万円。人間の煩悩の二十五倍万円。ちょっとしたマンションの頭金くらいにはなる金額である。

私の場合はやめて三年なので、三百二十四万円に過ぎず、読者諸兄からしたら大した金ではないかも知れぬが、私にしたら目も眩むような大金である。

もちろんそれがいままとまって目の前にあるわけではなく、財布に入っている金が減る速度が緩やかになったのを体感するに過ぎないが、「うわあああっ。銭ないがなあっ。なんとかして銭を工面せんとあきまへんがなあああっ」と絶叫することが減った。

また、そうして日々の入費が減ずると同時に、たまに会合など出掛けても、飲酒をせぬため、足腰や頭脳が幻のなかに入り込まず、はっきりしている。

以前は、会合などでは斗酒なお辞せず、の意気込みで、注がれるまま、いやさ、注がれなくても自ら注いで、会場中の誰よりも酒を飲み、一時間半ほどで足腰はフラフラ、頭脳はクラクラ、半分以上はマボロシ世界の住人となって、当然ながらバスや地下鉄、汽車に乗ることもできず、タクシーにてご帰還、またはそれすらかなわず、宿を取って御一泊、なんてことになるのであり、その宿代、タクシー代がマアマアかかっていたが、それもかからなくなった。

というか。様々の事情があって私は午前中にしか仕事ができない。また、仕事をするためには毎日使っている道具や資料が必要になってくる。ところが一泊すると道具や材料がなく、また、自宅まで戻るとすでに午後になってしまっているので仕事ができず、一日分の日当がふいになってしまう。ならば、宿を取らないでタクシーで家に帰ればよいではないか、ということになるが、いまも言うように私の館は人里離れた山中で、約二時間かけてタクシーで帰った場合のその代銀は都心のそこそこのホテルに宿泊したのと同じくらいの金額になり、それは日当を遥かに上回る。

それでもなんとか家に帰り着けば翌朝は道具もあり資料もあるのだから仕事に取りかかることができ、たとえ僅かでも被害金額を少なくすることができるのではないかという計算が成り立つが、しかしそれは机上の空論に過ぎない。

なんとなれば、そうした感じで深更にいたって館に帰着した翌朝は、かなりの確率で宿酔、

というか、未だフツーに酔っ払っていることが多く、そんな状態で文章を書くとどうなるか。実地にお目に掛けると、

葱というものは非常に有益な植物である。

とは言うものの多くの人は葱をスネアードラムを叩く際には使用しない。

昔、早野凡平という男がいた。いい奴だった。

といって筆者、直接の面識があるわけではない。

ポンペイで唯識を学んだ、ただそれだけの淡い機縁である。しかもそれは嘘である。

嘘吐きは泥棒の始まり。酒は百薬の長。とまれ、今日は好い天気だ。

〽ハー玲田曽良、ソー夜苦風邪。ミナトデ船の、銅鑼の根多の死。

そんな歌がふと口を衝いて出る。

河合曽良に憧れた男が奥の細道よろしくハワイを目指す。そして風邪を引く。

と、そのとき、そのとき、早野凡平が葱を鼻に押し当てて妙なる調べを奏でていることだけは間違いあるのである。ひとつ出たホイの、ヨサホイノホイ。僕はそのとき葱で銅鑼を叩くのだろうか？

といった具合でとても売り物になるシロモノではない。

という訳で、酒を飲んでいるとどうしたってカネがなくなっていく。

しかれども酒をやめた今はどうかというと、そうして会合に出掛けていったところで酒を飲まぬのだから身体も頭脳も通常に働く。だからバスや地下鉄に乗ることもでき、また汽車にも乗れるのでシャキシャキ、家に帰ることができる。タクシー代が助かる。

しかしやむを得ぬ事情で二次会に出て遅くなった場合はやはり宿を取らなければならぬのだが、くほほ、そうしたことが予測される場合は、自家用車を駆って参り、自分で運転して帰る。というのは以前であれば夢想だにできなかったことで、なぜならそうしたことをすると酒気帯び運転、飲酒運転という大罪を犯すことになるからである。

だから酒を飲むとわかっている日は、雨が降ろうが槍が降ろうが、どんなに自家用車で行った方が便利であっても汽車で参った。けれどもその心配がなくなったいまは、自家用車で参りその日のうちに帰ることができるから宿代が節約できる。

そして翌日は宿酔になっていないので、通常のペースで仕事をすることができ、早野凡平も殆ど出てこないから、そこそこ日当を稼ぐことができる。

という訳で、酒をやめることによる経済的な利得は相当のものであると言える。体感で申し訳ないが、年額にすると、私の場合だと、そうさな、百八十万円かそれくらいにはなるのではないだろうか。

はっきり言ってもの凄い金額である。だからもうこうなったら、『あっという間に三千万！禁酒で貯める最強貯蓄術 同時に健康もゲット』（丸髷書房）という本を十二万部がとこ印刷して堅実な利益を狙っていく、ということも充分に視野に入ってくるのだが、まあそれはよいとして、禁酒によってカネが節約できたことだけは確かである。

そこでここまでの禁酒による利得を整理すると、

①ダイエット効果
②睡眠の質の向上
③経済的な利得

でありいずれも素晴らしき利得であると言えるが、禁酒の利得はこれにとどまらないので、さらに申し上げると前に少し言った、脳髄のええ感じ、というのがある。

どういうことかというと、これは仕事をしているとき、或いは、なにかについて考えているときに実感するのだが、酒を飲んでいたときに比べて考えるひとつびとつのことが聯関するというか、ひとつのこととまた別のひとつのことがスコッと繋がったり、或いは、ひとつのことの、また別の一面に気がつく、といったことが脳髄において起こり始めた。

これはどういうことなのか、と脳髄で考えるに、やはり禁酒が関係しているのではないか。乃ち酒漬けとなっていた脳髄から酒精分がなくなることによって、一部が乾燥してポロッと剝がれ、その下から瑞々しい新しい脳髄が生まれてきたのではないか。

という考えは間違いなく間違っているが、とにかく私の脳髄になんらかの変化があったには違いなく、それについて申し上げる。

脳髄もええ感じになった

夢野久作という作家に、『ドグラ・マグラ』という奇書があり、そのなかに、「脳髄は物を考える処に非ず」と題した一章がある。小説全体がきわめて突飛で、読んでいると脳髄がどうにかなってしまいそうな内容なのだが、これ以降、ますますおかしなことになっていく。

そこでその内容を具体的に紹介したいと思うのだがそれができない。

なぜできないか。忘れてしまったからである。

そう。人間は忘却ということをする。なぜか。それは物心ついてより今日までのことを事細かに全部覚えていたら、それこそ脳髄がクンパするからで、私たちはいろんなことのうち、あまり用のないものは粗々に要約したり、圧縮したりして、脳髄の奥底に片付ける。しかしいろんなことが毎日起こるからそれらはそのうち取り出せなくなる。

まあそれは仕方のないことだと私は考える。

「あれ、こいつの名前、なんだっけ？　っていうか、これ誰だっけ？　こんな奴いたっけ？」

長編小説を連載中の小説家はしょっちゅうこんなことを呟いている（らしい）。そして、「ああ、読み返すのじゃまくさいなあ。おもろないし。しゃあない、殺そ」

と呟き、

ドニモは何気なく空を見上げた。

そのときなんの理由もなく、無数の岩が天から落下してきた。

「うわあっ。」それがドニモが此の世で発した最後の言葉になった。

ドニモ真一。四十八歳。

足テビチをこよなく愛した男の、あまりにも呆気ない死であった。

そのドニモが死んだまさにそのとき。

ニッタ黄泉子はナイトクラブ・メッカで踊りくるっていた。


など書いてその存在をなかったことにしてしまう。そしてそうなる原因が忘却。登場人物の名前が脳髄のなかの様々なガラクタに紛れてそのまま忘れられてしまったのである。

そうならないためには脳髄の収納棚は広く、堅牢である必要がある。通路も明るくて掃除が行き届き、どこにでも素早くアクセスできるようにしておく。そうすれば登場人物の名前や人柄を忘れないで小説を書き、それを出版会社に売って銭を貰うことができる。ところがである。酒を、それも大量の酒を飲んでいると、飲んでいないときに比して忘却の度合いが増える（自分比）。

というのは勿論、飲み過ぎて、その結果、酔い過ぎて、その間のことをよく覚えていない、というのもあるのだが、それとは別に、飲んでいないときも忘却の度合いが激しくなるのである（自分調べ）。

つまりどういうことかというと狭い脳髄の収納の上の階に広い酒蔵があり、そこここに四斗樽が八万ほど置いてあった。ところがアホな奴がいて悪戯をしやがり、この八万の四斗樽の栓を一時にみな抜いてしまった。三万石の酒が一気に流れ出し、脳髄の収納は酒でズクズクになってしまった。その結果、脳髄の収納棚は腐って崩壊し、棚にしまってあったものも役立たずのゴミとなった。崩落した記憶のゴミが通路を塞ぎ、照明は短絡して焼け焦げ、どこにもアクセスできなくなり、その間も天井から滝のように酒が降ってきてやまない。

そんな状態と考えて差し支えないだろう。

というか自分はそれに近い状態に陥っていた。だからもしかしたら自分も右のような状態、いやさ、それももっと非道い、脇役だけではなく主役の性格すら忘れ、もっと言うと、自分がなにを書いているのかを一行ごとに忘れるといった状態に陥り、仕方がないので、まるで殺人鬼のように、出てくる奴出てくる奴、みんな殺害し、殺人鬼ホラー、ならぬ作者ホラー、のようなことになっていた可能性がまったくない訳ではなかったのである。

　ところがそこまでいくと忘却していることすら忘却するという忘却のニルバーナにたゆたっているので、それに対する危機感すらなく、脳髄に大量の酒精をだだ洩らして恬然と恥じぬのである。


　しかるに此度、酒をやめた。階上の、八万の四斗樽の口に栓が嵌められて、酒の流れが止まった。それでも三か月くらいは天井裏から酒が降ってきた。半年くらいは雫が垂れていた。そしてなにより一度破壊された収蔵庫は元に戻らなかったし、ズクズクになって読めなくなった資料はそのまま腐っていった。

　とはいうものの、脳髄もそれを放置せず、家にあったあり合わせの木材で壊れた棚を補修し、まだ読めそうな資料は泥や黴を落として乾かして補修した棚にしまうなどした。

　通路を塞いでいた棚の残骸や汚泥はもっとも困難な問題であったが、これも脳髄中のボランティアや脳髄行政の支援によって少しずつではあるが改善され、一年後には生活に最低限必要なアクセス路が回復した。

　そして酒が止まって二年後にはかなり奥まったところにある資料室にもアクセスできるよ

うになり、このことが日常の業務によい効果を齎し始めた。

どういうことかというと、私の場合、日常の業務というのは文章を書くことで、申し上げた通り脳髄のアクセスが途絶し、なにもかもを忘却、追い詰まって殺人鬼と化すおそれがあった。

けれども脳髄のアクセスが回復したので、その人物のことをいろいろ思い出すことができ、また、新しく購入した資料を保管しておくこともできるようになった。そしてさらに、遠くの資料室にも行けるようになったので、別のことに照らし合わせて、その人物を動かすことができるようになった。

この三つ目のことは割と大事なことで、別の喩えで言うと、文章を書くことは、原材料を加工して製品にして出荷するようなものである。しかし原材料の、錫や銅やコバルトといったものはかなり脳髄の山奥にある場合が多い。そして工場と港もそこそこの距離があり、その途中には険しい山脈や大河が横たわっている。

文章を書くのが上手な人というのは、この遠く隔たった鉱山と工場と港の間に道路を切り開き、鉄道を敷設している人で、文章を書くのが下手な人というのは、細く険しい道しか持たぬ人である。よって上手な人は貨車やトラックで高速かつ大量に文章を運ぶことができるが、下手な人は牛や馬で、甚だしい場合は自ら肩に担いで少しずつしか運ぶことができないし、途中で山賊に殺されたりする。

　文章をまったく書けなくなった人というのは、飲酒という自然災害によってその道路が途絶し、製品（文章）を作ること、出荷することができなくなった人で、そういう人が、まるでヤケクソになった独裁者のように自国民（登場人物）を殺しまくるというのは右に述べた通りである。

　話を戻すと、そのアクセス路が次第に回復して、脳髄の鉱床または奥まった資料室にも行けて材料を採掘したり、資料を閲覧・参照できるようになったわけだから、仕事が目に見えてよくなる。

　脳髄のええ感じ、と申し上げたのはこのことである。

　これを小説の場合で言うと小説というのは原因と結果の連鎖で成り立っている。ひとつの原因に対して小説の中の現実の諸要素が反応してひとつの結果が生まれる。その諸要素というのは作者によって取捨選択される。ところが、脳髄のアクセス路があまりない場合、この諸要素の数が大幅に減ずる。現実の諸要素は無数である。よって大抵の事実は小説より奇である。しかるに脳髄のアクセス路がないため、せいぜい十、下手をしたら三とかそれくらいの諸要素によって結果を生んでいるので、読者は、「ありえねー」若しくは「つまんねぇ」以外の感想を思いつかない。

つまり書いても書かなくても同じ。ならば最初から書かない方が疲れないのでまだマシ、みたいなことになる。

しかるに自分の場合は此度、脳髄の通路を通れるようになり脳髄の資源を採掘して工場に運んだり、これまでに集めた資料と照らし合わせて新しい結論を導き出したり、そしてまたそれを脳髄の港に運んで出荷できるようになったのである。

つまり禁酒をすることによってこれまでの、①ダイエット効果　②睡眠の質の向上　③経済的な利得、に加えて、

④脳髄のええ感じによる仕事の捗り

という効果が得られたのである。

ただし、一言だけ申し上げておくことがある。それは凡才が天才になるということではなく、そもそもその人が有していた脳髄の性能を最大限に発揮できるようになるに過ぎない、ということである。

脳髄には確かに鉱床がある。しかしダイアモンド鉱山を有する人もいれば空き缶が落ちているのみ、という人もいる。工場も、最新の設備を備えた大工場もあれば、自宅の土間でメ

リヤス肌着一枚のお父ちゃんが頑張っているみたいなものもある。つまり人それぞれということである。

なので「禁酒をしたが目を瞠るような成果があがらない。どうしてくれる」と言ってこないでほしい。というのはかく言う私がそうで、「そんな言うおまえは禁酒によってどれほどめざましい仕事をしたのか？」と問われれば私はこう答えるより他ない。

言わぬが花でしょう。

なにはともあれ。禁酒には様々の利得があるが私の場合には右記の如き利得があった、ということである。

酒を飲んでも飲まなくても人生は寂しい

ということで禁酒・断酒は私に多くの利得を齎した。

しかし利得だけが人生の目的という訳ではない。

誰しもが幸福な一生を送りたいと考え、「幸福になりたい」なンど言う。けれども幸福は束の間感じるもので、幸福の絶対境というものはない。

「此処は幸福の国。此の国に暮らす人はみんな幸福です」

と謳う国も必ずその国土の何処かに地獄がある。

ROLEXやGショックやフランク三浦を信じるならば時は一定の速度で進んでいる。しかるに気の合う人とゲラゲラ笑いながら話していると数時間があっという間に過ぎ、極度に空腹なとき、カップ麺ができるまでの三分間が恐ろしく長い。

だから幸福も不幸も、楽しいも苦しいも同じだけ感じていたとしても、幸福な時間は短く、不幸ばかりがうち続くと感じてしまう。

そこで多くの人が幸福を渇仰する。

渇仰する人が多いということは需要があるということで、この需要を満たせば銭が儲かる。そこで、購入できる幸福、というものが供給され、人々は争ってこれを購入する。

けれどもそれが銭で購入できようができまいが右に申し上げた通り、幸福というものは一瞬味わった後、直ちにかき消え、その先には荒涼索漠の日常が広がっているもので、これで渇きがとまるという訳ではない。

だからといって渇いた者に渇くな、餓えた者に餓えるなという訳にもいかず、というか斯く言う私もまたそのように餓え渇いているのであり、自らに忠言できることがあるとすれば、「渇いているからといって（銭で購える）幸福をがぶ飲みすると、その後がもっと苦しくなる故ほどほどにしておけ」程度のことである。

ということで酒をよしてみたら各種の利得があったのであり、利得を得て幸福になるために酒をよした訳ではなかった。

だから利得はあったが、その利得によって幸福を得ることができた訳ではないし、幸福の三昧境に到ったという訳ではない。

その利得については已に述べた。そんななか稍抽象的でわかりにくいかも知れないと考えて書かなかったことがある。

というのは、精神的のゆとり、ということである。ゆとりという言葉には今は悪い印象がある。別の言葉で言うと、余裕・余白ほどの意味である。遊び、と言ってもよいかも知れない。これまではそうした余裕・余白がなかったため、強い刺激、という目的に高速且つ最短で向かっていたのが、余裕・余白が生じて、ゆっくりと時に立ち止まりながら歩むことができるようになった。

そうするとそこに意外のよろこびや驚きがあることを知った。それは草が生えたとか、雨の匂いとか、人のふとした表情のなかにある愛や哀しみといった小さなものである。急いで通り過ぎると見落とし、見過ごすようなものである。けれどもそれこそが幸福であるということをやっと知ったのであった。

ではなぜそのような余白が生じたのであろうか。それはこれまでは目的地を、楽しみ、と誤って設定し、急いでいたが、本当はそれが、死、であることを知り、死を恐れる気持ちから急ぎたくなくなり、また、なにもない瞬間を大事に思いたい、という心境に到ったからであろう。強烈な刺激の中ではそのような心境には到らない。

光あるところに影がある。

子供の頃、よく観た「サスケ」というアニメ番組冒頭に、「光あるところに影がある」というナレーションがあった。

同様にリターンあるところにはリスクがある。もちろん禁酒にもリスクはあり、それを述べないのは公正な態度とは言えぬであろう。

酒をやめたと言いしばしば酒徒から受ける問いに「それで人生寂しくないですか？」というのがあるがそんなことはない。なぜなら、人生とはもともと寂しいものであるからである。だから寂しくはないが、人間関係というものに多少の影響、これはあるように思う。どういうことかというと、当たり前の話だが、酒を飲まないと自然と宴席に連なる回数が減る。仮に出席したとしても、一次会が終わった時点で、「僕は失敬する」ということになる。これが飲む人なら、「まあ、よろしやおまへんか。二次会いきましょや、二次会」ということになるが三年もよしていると向こうも此方が飲まぬことを知っているから、「ああ、さよか。ほた、お気を付けて」ということになって特に引き止められるということもない。

それはお互いにとってよいことだが、そうすると飲んでいるときは濃密だった人間関係が次第にあっさりとしたものになっていく。

それだけならよい。ただこれはあくまでも可能性というか推論というか、まあそういうことだが、そんなことが続くと、「付き合いの悪い奴」という評判が立ち、やがてそれが、「陰気な奴」に発展し、それが、「吝嗇」「変人」「頑迷固陋」と分化していき、そのうち、「変態」「狂人」「顔を見るだけで嫌な気持ちになる男」「殴りたい男ナンバーワン」みたいなことになって、社会から孤立して、その日の生活にも困るようになって陋巷に窮死、ということになるかも知れない。

これは間違いなくひとつのリスクであるが、私の場合、現在のところまだそこまでの事態には到っていない(と信じたい)。

その他にもリスク、デメリットが或いはあるのかも知れないが、いまのところ思い当たらない。

しかしいずれにしても酒を飲み、我を忘れたうえでの失態・粗相による人格評価のマイナスに比べれば、その値はかなり小さいのではないかと考える。

さて禁酒の利得及び損失はそういった具合で、これをみれば多くの人が、禁酒が吉、と考えるのではないだろうか。そこで最後に言っておきたい。

もしここまで私が書いた文章を読んで、禁酒をしたその際、禁酒を善とし或いは正とし、飲酒を悪とし或いは邪として、酒徒を論難したり排撃したりするのはやめてほしいということである。

人間の中には善も悪も正も邪も同時に存在している。

それをば、自分の属する側を善とし、悪を討ち滅ぼすことは善行、とすると人間と人間の間に隔てが生じ、その隔てが争いと混乱を招来するからである。もちろんそんなことは世の中に多く行われていて、そのパワーもまた人間の生のパワーと言えなくもないのだが、まあ、少しでも愉快に過ごしたいのならそうした善悪の争いからは身を遠ざけるのが吉と言えるであろう。

しかし一度、善に凝り固まるとなかなか抜け出せない。「どう考えたって」「誰が考えたって」「人類普遍の」と思うともうそれ以外の立場・身の上に想像力が及ばなくなる。

そうした際、ひとつのチェックポイントとして、そのこと、つまり悪を撃攘することに「快」が混ざっていないか、を考えてみるとよいだろう。わずかでも「快」があればよしたほうが身のためだ。

吁(ああ)。つまらないことを言ってしまった。まあよいでしょう。これだって酒を飲んでいたら得意満面で語っていたかも知れない。いや、飲まぬいまも人から見れば得意満面なのか。

私は大宰帥大伴旅人の『酒を讃むる歌』に触れて、この文章を書き始めた。

それは以下の十三首。

験(しるし)なき物を思はずは一坏(ひとつき)の濁れる酒を飲むべくあるらし
酒の名を聖(ひじり)と負せし古の大き聖の言のよろしさ
古の七の賢(さか)しき人等も欲りせしものは酒にしあるらし
賢しみと物言ふよりは酒飲みて酔哭(えいなき)するし益りたるらし
言はむすべせむすべ知らに極まりて貴きものは酒にしあるらし
なかなかに人とあらずは酒壺に成りてしかも酒に染みなむ
あな醜(みにく)賢しらをすと酒飲まぬ人をよく見れば猿にかも似る
價(あたい)無き寶(たから)といふとも一坏の濁れる酒に豈まさらめや
夜光る玉といふとも酒飲みて情を遣るに豈如(し)かめやも
世の中の遊びの道に冷しきは酔哭するにありぬべからし
この代にし樂しくあらば来む世には蟲にも鳥にも吾はなりなむ
生者遂にも死ぬるものにあれば今世なる間は樂しくをあらな
黙然(もだ)居(を)りて賢しらするは酒飲みて酔泣(えいなき)するになほ如かずけり

私は長い間、これを真実として疑わず、失敗したとき、自信を失ったとき、この歌を朗詠し、酒を飲んで生きてきた。この十三首は私にとって、祈りのような言葉だった。
しかし私はいまこのように考えている。題して『酒を貶める歌』。

験なき物を思へど一坏の濁れる酒を飲まず過ぐべし
酒の名を聖と負せし現代の大きキ印言のあさまし
古の七の賢しき人等も狂ひしものは酒にしあるらし
酒飲みて痴愚（ちぐ）言ひ酔哭するよりは賢しく言ふし益りたるらし
言はむすべせむすべ知らに極まりて逃げ込む場所は酒にしあるらし
なかなかに人とあらずは酒壺に成りたるかも酒に染みたり
あな醜痴愚痴愚をすと酒を飲む人をよく見れば猿にかも似る
價無き寶といふとも一坏の濁れる酒に取りて替へばや
夜光る玉といふとも酒飲みて情を遣れば豈見えぬやも
世の中の遊びの道にあさましは酔哭するにありぬべからし
この代にし樂しくあらばこの世にて蟲にも鳥にも吾はなりたり
生者遂にも死ぬるものにあれば今世なる間はすずやかに聡くもあらな
酒飲みて酔泣するは酒飲まず黙然居りてあるになほ如かずけり

酒を飲まないからといってあまり賢くない人が賢くなる訳ではない。けれども酒を飲むと賢い人が阿呆になる。そして阿呆はもっと阿呆になる。どうやらそんなことのようだ。

解　説――常に正気でい続けることの狂気

宮崎智之

創作する者にとって酒は、古からある種の特別なものとして崇められてきた。町田康が愛する詩人・中原中也は、酒席で大喧嘩し、「殺すぞ」と言って中村光夫の頭をビール瓶で殴った。それを見た青山二郎が中也に向かって、「殺すつもりなら、なぜ壜の縁でなぐらない。お前は、横腹でなぐったじゃないか。卑怯だぞ」と激昂した。中也は右手でビール瓶を持ったまま、「俺は悲しい」と叫んで号泣したという（中村光夫『今はむかし　ある文学的回想』）。

まったく滅茶苦茶な話である。しかし、そういった伝説的なエピソードは、作家の人間性や交友関係を知るうえで読者にも愛され続けてきた側面がある。作家は酒を飲んでなんぼ。しこたま飲んで、しこたま喧嘩し、しこたましているうちに何かが降りてくる。文学史上の

「伝説」に触れるたびに、僕はそんな先入観をいつしか持つようになった。

町田も大層な酒飲みだったという。そんな町田が、三十年間、一日も休まず飲み続けていた酒をやめた。僕が、町田の『しらふで生きる』を最初に読んだのは、単行本が発売された二〇一九年一一月で、その時点で僕は三年半の断酒をしていた。そして今、文庫版の解説を依頼され、断酒して五年半を迎える者として書けることを、大変よろこばしく思っている。断酒を続けるにあたって『しらふで生きる』が大いに参考になったことは言うまでもない。しかし、本文にも書いてあるように、あまり自分を高く見積りすぎないのが肝要で、断酒が続いているからといって自分が偉いなどとは思わないようにしている。

実際にこの五年半での収穫は、自分がアホだと心底自覚したことくらいである。そして、アホにはアホの本懐というものがあり、同じくアホになっていた町田の言うことが僕には痛いほどよくわかる。アホのことは、アホに任せてほしい。という感じで僕なりに解説していきたい。

まず、ひとりの断酒する者として、酒をやめた者やアルコール依存症になった者の随筆をこれまで数多く読んできたが、「なぜ酒をやめたのか」についてここまで執拗に思考を巡らせた作品を、僕はこれまで読んだことがない。所謂、ほかの「断酒本」と徹底的に異なった視点で書かれているため、酒をやめるつもりがない者や、大酒を飲まない者にまで射程を伸ばして多くの読者を獲得している。その理由のひとつに、町田が「やめる以前」の問題にことさらこだわって書いていることがある。そもそも町田は酒をやめた理由について、「酒をよそう」と思ってしまったとしか語っておらず、本人もまったくの暗中模索、手探り状態で筆を進め、酒をやめている。その思考の流れが町田の文体にのり、読者を楽しませる。

一方、まがりなりにも断酒を続けている僕は、いつものように矢継ぎ早に展開される町田節を楽しみながらも、別の思いも同時に抱いていた。僕が読み進めながら強く感じたこと、それは「町田は真剣である」という確信だ。いつも真剣であることは言うに及ばず、特に『しらふで生きる』では、より真剣で切実な町田の態度が前面に出ている。

しかし、ここが『しらふで生きる』という作品の厄介なところであり、かつ最も秀逸な部分でもあるのだが、その伝え方、表現の仕方が真っ直ぐすぎて、逆にねじれた考えのように感じられるのだ。ある人からすると当たり前のことを言っているように思えるのに、ある人からするとそれが屁理屈だと感じる。なぜこのような差が生じるのかというと、酒についての感覚や認識が、人によってまったく違うからである。

普通の「断酒本」ならば、体を壊した、人間関係にひびが入った、身を持ち崩し借金をつくってしまったといった、誰もが納得しやすい断酒の理由が語られる。実際に、僕はフリーランスになって以来、朝から酒を飲むようになり、急性すい炎で二度入院をしてアルコール依存症とも診断された。いわば、タオルが投げ入れられた状態である。ノックダウンと同時にタオルが投げ入れられた状態だったので、TKOかKOかどちらかはわからないけど、とにかく明確な破綻がおとずれ、酒をやめるに至ったという経緯、理由がきちんと存在するのだ。

では、なぜ町田は酒をよしたのか。それは、町田が狂っていたからである。明確な理由もなしに「酒をよそう」などと思うことは、酒徒にとって「狂気」そのものであり、そういう意味で町田は正しく狂っている。しかし、振り返って考えてみれば酒を飲み始めたのだって、はじめは「なんとなく」だったはずだ。町田のデビュー小説『くっすん大黒』でも、主人公の楠木は、「三年前のある日」に「ふと、働くのは嫌だな、毎日ぶらぶら遊んで暮らしたいな」と思い、そこからくる日もくる日も酒を飲み続け、本当にぶらぶらしまくっていた。かろうじて仕事を辞めた理由は存在するが、酒を飲み出した訳は語られない。

ここで大酒飲みにとっては常識的すぎて、逆に触れられる機会が少なかった真実が浮かび上がってくる。それは、「狂気」と「正気」の関係性についてである。社会一般、などというものが本当にあるのかどうかは知らないが、社会一般の目からすれば、酒を痛飲し続ける人間は狂気のなかにいる。酒を過度に飲むという狂気を選択し続けているかのように思える。しかし、現実的にはむしろ逆なのである。

つまり、酒徒にとっては、酒をやめるという判断が「狂気」、酒を飲み続けるという判断が「正気」であるということだ。そんなのを屁理屈だと思った読者は、酒をやめられなくなるほど飲み続けたことがない者か、もともと酒を飲めない者か、すでに酩酊状態にある者かのいずれかであろう。僕が酒をやめてから実感したのは、「常に正気でい続けることの狂気」である。酒に溺れる者にとって現実はあまりにも明け透けで、人生はままならない。だから酒を飲む。それが酒徒にとって「正気」の判断なのであり、町田と違って内臓を痛め、アルコール依存症になった僕も、言葉本来の意味での正気の判断で酒をやめ続けているのかというとそうではない。なにかしら狂信めいた考え方が自分のなかにあるような気がしている。狂った何かが。

ましてやそうして気が狂った状態でなされた判断であるなら、いずれふと我に返り、「酒を飲まないなんてアホーなことをなぜしていたのだろう。まったく理解できない。我ながら恐ろしいことだ」と考えてその場からコンビニに向かいウイスキーを買って店の前で立ち飲みしないという保証はどこにもない。

この感覚も、すごくわかるのだ。僕が酒をやめた際、たくさんの人から「偉いですね」「頑張ってますね」などと励まされた。あまつさえ、「酒をやめて生活を大切にするようになった」なんて発言したりもしたものだから、「宮崎さんはいい人」と勘違いする読者まで出てきてしまった。そうではなく、僕も狂っているのだ。町田と同様に狂っているのである。あれこれ理屈をつけながら飲み続けようと試みるのが「正気」の酒徒であり、なんならこの解説を書いている間にも酒が飲みたくなってきてしまった。それが断酒して五年半経った今でも変わらない反応なのである。ただ昔よりはだいぶ慣れ、そういう突発的な飲酒の衝動をやり過ごすことができるようになっただけであると思っている。

では、なぜ町田と僕は酒をやめ続けていられるのか。何度も繰り返すが、それは町田と僕が狂っているからである。いつでも再び飲んでしまう可能性があり、今でも酒の誘惑にかられる瞬間がある。でも飲まない。狂っているからだ。気が狂っているから断酒が続いている。

酒に溺れていない者からは支離滅裂に思える主張も、酒徒にとっては合理性がある。実に、悲しいほどの合理性がある。特に僕のようにアルコール依存症になった者は、この極端なまでの合理性に身に覚えがあるだろう。アルコール依存症は「否認の病」と呼ばれ、酒を飲むためだったら現実を無視し、ときには捏造する。隠れて酒を飲む者もいる。それらすべてに、それらしい合理的な理由を拵える。僕の場合、「ポリフェノールはとらなければいけない」という理屈を作り出し、赤ワインで断酒を破りそうになったことがある。馬鹿みたいな考えではあるが、そのときの「正気」の僕には、合理性があったのだった。

人間とは不思議なもので、それがいくら悪行であったとしても、意味のないことはなかなかできないものである。また、自分と思想信条の違う人がいたとして、その人を極悪非道と即断するのはあまりにも浅薄であろう。少なくとも、その人がどうしてそう思うのか、その理由を問うてからにするべきだ。つまり悪行に手を染める者も、考えが違う者も、その者なりの理屈のもとに行動している。そうした「他者の合理性」を理解しようと努めなければ、アルコールの問題は語れない。たとえ外野から不合理に見えても、本人たちにとってはきちんとした合理性があるからである。町田は「正気」を失い、酒徒として合理的に考えれば飲み続ける判断を選ぶはずなのに、狂って酒をよしたのだ。

町田の文章は過剰なまでに饒舌で、言葉が飛躍し、現実との齟齬やズレを生じさせる。そういった横滑りして展開する言葉が登場人物に行動を促し、独特のリズムにのり物語が駆動していく。随筆集として書かれた『しらふで生きる』でもそれは健在である。言葉を発した本人に奇妙な合理性が宿る作品世界を描く町田の文章は、酒徒の思考回路を説明するのに適していたと言っていいかもしれない。だから、『しらふで生きる』は、他の町田作品と比べても、文章や論理展開がとりわけ理路整然として、意味をとり間違うことが少ない。

万一にも本文の内容をうまく消化できない読者や、たまに聞く「あとがき」や「解説」から読む変わった人がいたならば、まずは酒徒にとって酒をやめるという判断が「狂気」、酒を飲み続けるという判断が「正気」という点を押さえてほしい。この考えは逆説や屁理屈などでは決してなく、たとえ屁であっても当人には立派な理屈なのである。


町田の短編に、「記憶の盆おどり」(講談社『記憶の盆をどり』所収)がある。作家と思しき主人公は「去年の暮れに酒をよした」。

理由は特にない。昨年十二月二十四日の夕、渋谷の陸橋に立ってクリスマスらしく飾った町並みと行く人の背中を眺めるうち、ふと、「もうよそう」と思っただけで、だから人に問われても相手の合点がいくような返答ができない。

まるで『しらふで生きる』の冒頭のようだが、この短編小説では、若い頃に関係があったのにもかかわらず、飽きて一方的に捨てた女性に瓜二つ、しかも同姓同名の女性と出会い、その蠱惑的な魅力に惹きつけられて、主人公はウイスキーを飲んでしまう。そしてすべてを思い出す。酒をよした理由として「記憶の飛び」を挙げ、自分でもそう納得していた主人公だったが、酒を飲むことによって「正気」を取り戻し、相手が誰なのか、どういう関係なのか、そしてこれから何が起こるのかを理解する。「ああ。酒をやめなければ」との後悔が主人公を襲う。

ここでも、酒をやめるという判断が「狂気」、酒を飲み続けるという判断が「正気」という図式が描かれている。酒とはなんなのだろうか。なぜ人は酒を飲むのか。全員だとは言わないが、決して少なくない数の酒徒たちが、「常に正気でい続けることの狂気」に耐えられないからだと僕は考える。「正気」に苦しむ毎日より、「狂気」のなかをきちんと狂って生きる判断をするほうが、酒徒にとっては「正気」である。

たとえば「意識があるゾンビ」を思い浮かべてほしい。意識があるから人間を襲うにも心が痛むし、そもそも体が腐っているのだから、全身が痛くて臭くてしかたない。ここで「意識がある」状態にこだわるのは、果たして正気の判断だろうか。むしろ狂気の沙汰である。「意識を捨てる」という、端から見れば「狂気」の判断も、本人にとっては「正気」で切実な合理性のもとに下した判断なのであり、かくしてゾンビはゾンビになる。ゾンビであることに文句を言う人が出てくるかもしれないが、そこにいるのは正しいゾンビであり、正しく朽ち果てている。

酒をやめてだいぶ経ってから、酒のない人生も悪くないと思うようになった。しかし、ふとしたきっかけであの酩酊感や全能感への誘惑が襲ってくる。町田も誘惑と戦っている。『しらふで生きる』を読んで内容に納得、共感しっぱなし、解説するには距離が近すぎる自分にどうしたものかと悩んでいたところ、ある言葉が目に飛び込んできた。

「酒を飲んでも飲まなくても人生は寂しい」。これには一度心を突き放されつつ、最後は町田の言葉に首肯せざるを得なかった。そうなのだ。人生はもともと寂しい。孤独である。だから酒を飲む。そうすると、寂しさが少しはまぎれる。しかし、酔いが醒めるとまた寂しい現実が待っている。もちろん楽しいときもある。しかし、酒と「楽しいとき」が結びつきすぎると、楽しむために酒が必要になってくる。

酒の最も厄介なところは「確実性への誘惑」だと思っている。酒を飲めば、気分が高まる。他人と気軽に話せるようになる。いつもより愉快な性格になる。しらふでもそういう瞬間は訪れるけど、酒を飲めばほぼ確実に「その状態」に脳内の回路みたいなものがセットされる。手っ取り早く機嫌がよくなれる。酒徒はその誘惑にとことん弱い。

だが、そもそも人生は常に愉快なものだろうか。喜びに満ちているだろうか。断じてそうではない。酒徒にとって目の前の現実はあまりに不安定で不確実なものに思える。いいときもあれば、悪いときもある。そんな当たり前のことを酒徒は受け入れられない。というより、受け入れるよりも酒を飲んでしまったほうが、確実に愉快で楽しい人生が送れるように思う。ところが、人生は本来寂しいものである。だから不満が溜まる。人生、なんか辛い。なんとかならないものか。

爆発しつちまつた楽しみに
今日も濁酒の降りかかる
爆発しつちまつた楽しみに
今日も風さへ吹きすぎる

町田は、中原中也の有名な詩「汚れつちまつた悲しみに……」をこう詠み代え、「毎晩、ときには日中、甚だしいときは早朝から、このような症状に見舞われて生きていた」と明かす。

それは私の生そのものであり、「人、酒を飲む。酒、酒を飲む。酒、人を飲む」という言葉どおり、我や酒。酒や我。今日をも知らず明日をも知らず徳利から酒を飲み続け、酒こそ我が人生、と言って言われて、爆発し続けていたのである。

このように「爆発」してしまうのは、町田だけではない。ほとんどの酒徒がこの爆発が大好きであり、爆発することによって楽しみ、嫌なことを綺麗さっぱり忘れる。だが、その楽しみはすぐに消え、寂しくなり、悲しくなり、侘しくなり、虚しくなり、また不満が溜まる。

なぜ、こんなことになってしまうのか。ここでようやく話が冒頭に戻るのだが、酒をよした町田が看破したのは、楽しみが爆発するような体験は普通に暮らしていれば滅多にないのであって、それを不満に思うのは自分の価値を高く見積りすぎているからである、という事実だった。ほとんどの人間は特別な存在などではなく、「普通」であるどころか、「普通以下のアホである」。ところが、現実には、私たちは自分の存在を、人生の価値を、高く見積りすぎているのではないか。どこか自分を「特別な存在」だと思っている節があるのではないか。だから嫌なことがあったり、自分の存在を蔑ろにされたと思ったりすると、酒を飲み、その帳尻を合わそうとする。

「私には幸福になる権利がある。酒くらい飲ませろ！」と。

町田は酒をやめるための要諦について、その思い込みから脱却し、「酒を飲んでも飲まなくても人生は寂しい」「自分は普通以下のアホである」という正しい認識に基づいて「自己認識改造」を繰り返し実行することだとする。これは酒をやめられなくなるほど飲み続けた者ではなくても、必要な「自己認識」である。自分が偉く、大した人物だと思っている者ほど、そういう扱いをされないだけで不満を噴出させる。

自分はアホ。そして人生は寂しい。この言葉を書いた紙を家のドアの内側に貼り、出かける前に三回くらい唱和するか、スマートフォンの待ち受け画面にして常に目に入るようにしておくか。それくらいしたとしても、なかなかアホはなおらない。

『しらふで生きる』は、もともと『小説幻冬』に連載された文章で、その際のタイトルは「酒をやめると人間はどうなるか。或る作家の場合」だった。最後に解説者の「屁理屈」を言わせてもらうと、しこたま酒を飲み、乱れ、爆発することで、文学史に残る素晴らしい作品が生まれたこともまた事実である。しかし、爆発と狂気が作家の創作欲や作品の深みに影響を与える要素としてある程度、妥当なものだという考えが成り立つならば、酒を飲み続ける酒徒と町田のどちらが狂っているのか。これまで見てきたとおり、それは間違いなく町田のほうだろう。生粋の酒徒として三十年間も生き、執筆してきた作家が、酒をよす、しかも明確な理由もなく断酒を決めてしまう。正気の沙汰ではない。もし爆発するような狂気が創作を促す要素になるとしたら、爆発して狂っているつもりになっている酒徒よりも、町田のほうが明らかにラジカルに狂っている。そんなふうに考えてみると、酒に効能を求めて酒に溺れるなんて、なんともありきたりな発想である。

「酒をやめると人間はどうなるか。或る作家の場合」という問いに答えるならば、酒をやめても町田節は変わらずに健在であるどころか、さらに冴え渡っているように思う。それは「常に正気でい続けることの狂気」を引き受けたからであり、そのことが町田だけでなく、僕も含めた断酒者に勇気を与える結果になるかどうかはわからないが、アホだと自覚したアホは、ただのアホより意識のあるぶん、いろいろなことを考え、いろいろなことを経験し、きちんとそれらを覚えている。

仮にそれが自分にとって辛い体験だったとしても、その課題と向き合うのが人生であり、また創作の秘訣なのだとついつい言いたくなるのは、まだ自分を高く見積りすぎているからだろうか。

——フリーライター

この作品は二〇一九年十一月小社より刊行されたものです。
JASRAC 出 2108506-101

幻冬舎文庫

●好評既刊
血の雫
相場英雄

都内で連続殺人が発生。凶器は一致したが、殺されたタクシー運転手やお年寄りに接点はない。捜査一課のベテラン田伏は犯人を追うも、事件はインターネットを駆使した劇場型犯罪に発展する。

●好評既刊
ライトマイファイア
伊東　潤

十人の死者が出た簡易宿泊所放火事件を追う川崎署の寺島が入手した、身元不明者のノート。そこに記された「1970」「H・J」は何を意味するのか？　戦後日本の〝闇〟を炙りだす公安ミステリ!!

●好評既刊
隣人の愛を知れ
尾形真理子

誰かを大切に想うほど淋しさが募るのはなぜ？自分で選んだはずの関係に決着をつける〝事件〟が起きた6人。『試着室で思い出したら、本気の恋だと思う。』の著者が描く、出会いと別れの物語。

●好評既刊
誰そ彼(たがれ)の殺人
小松亜由美

法医学教室の解剖技官・梨木は、今宮准教授とともに警察からの不審死体を日夜、解剖。彼らが直面するのは、どれも悲惨な最期だ。事故か、殺人か。二人は犯人さえ気づかぬ証拠にたどり着く。

●好評既刊
真夜中の底で君を待つ
汐見夏衛

17歳の更紗がアルバイト先の喫茶店で出会った「黒縁」さん。不思議な魅力を湛えた彼との特別な時間が、過去の痛みを解きほぐしていく。愛に飢えた彼女と愛を諦めた彼が織り成す青春恋愛小説。

幻冬舎時代小説文庫

●最新刊
眠らぬ猫
番所医はちきん先生 休診録二
井川香四郎

番所医の八田錦が、遺体で発見された大工の死因を〝殺し〟と見立てた折も折、公事師（弁護士）を名乗る男が、死んだ大工の件でと大店を訪れた。男の狙いとは？　人気シリーズ白熱の第二弾！

●最新刊
鰻と甘酒
居酒屋お夏 春夏秋冬
岡本さとる

「あの姉さんには惚れちまうんじゃあねえぜ」。暗い過去を抱える女。羽目の外し方すら知らぬ純真な男。二人の恋路に思わぬ障壁が……！　お夏が今宵も暗躍、新シリーズ待望の第四弾。

●最新刊
光と風の国で
お江戸甘味処　谷中はつねや
倉阪鬼一郎

「紀州の特産品を活かして銘菓をつくれ」それが、はつねや音松に課せられた使命。半年の滞在期間中、彼はいくつの菓子を仕上げられるか。さらに藩名にちなんだ「玉の浦」は銘菓と相成るか。

●最新刊
儚き名刀　義賊・神田小僧
小杉健治

遺体で見つかった武士は、浪人の九郎兵衛が丸亀藩時代に命を救ってもらった盟友だった。下手人は義賊の巳之助が信頼する御家人。仇を討ちたい九郎兵衛と無実を信じる巳之助が真相を探る。

●最新刊
狐の眉刷毛（まゆはけ）
小烏神社奇譚
篠　綾子

小烏神社の氏子である花枝の元に、大奥にいるかつての親友お蘭から手紙が届く。久し振りの再会を喜ぶ花枝だったが、思いもよらぬ申し出を受ける。人気シリーズ第四弾。

しらふで生きる

大酒飲みの決断

町田康

令和3年12月10日　初版発行

発行人――石原正康
編集人――高部真人
発行所――株式会社幻冬舎
〒151-0051東京都渋谷区千駄ヶ谷4-9-7
電話　03(5411)6222(営業)
　　　03(5411)6211(編集)
振替00120-8-767643
印刷・製本―中央精版印刷株式会社
装丁者――高橋雅之

検印廃止

幻冬舎文庫

ISBN978-4-344-43146-1　C0195　　ま-34-3

幻冬舎ホームページアドレス　https://www.gentosha.co.jp/
この本に関するご意見・ご感想をメールでお寄せいただく場合は、
comment@gentosha.co.jpまで。